敵托邦

天馬行空 破格創新

天行者出版
SKYWALKER PRESS

劣生人

目錄

推薦語

「物種進化，藏著一場看不見的文明危機。從『優生學』道德爭議衍生出連串科幻奇想的新時代小說。」

香港小說家、《藝文青》總編輯　紅眼

推薦語

「本作的黑色調子強烈，對人性的控訴非常著力。」

推理小說作家 陳浩基

「我們沒有職責允許錯誤類型的公民生育後代。」

已故美國總統老羅斯福(Theodore Roosevelt)

老羅斯福曾於1913年寫信給生物學家及優生學改革者達文波特(Charles B. Davenport),支持其優生學說。

國家ᔕ優生人口法案

此法案防止國家增加低端人口，鼓勵生物上的優等人群進行交配，限制生物上的劣等人群生育後代，提高國民物種、改善國民基因為目的。

一．凡屬低端人口多利階級者嚴禁生育。違者將被監禁六個月及永久失去撫養孩子權利。

二．所有人必需對社會做出貢獻，並配合優等人群為其定下的一切規則並依法而行。

三．不論任何階級，所有嬰兒出生後六個月內需接受基因及智力測試。若不合標準者，則需要於國家認可的醫院內為其進行安樂死。

四·所有包庇低端人口者即屬違法，將被充公財產，及入獄最多三年。

第1章 LT-22m

第一章　LT-22m

「在這亂世中，沒有一人可以獨善其身。」

矇矇矓矓中，邦哥倏地張開眼睛，呼著大氣從迷糊中驚醒。

這是甚麼地方？我在哪裡？

他發現他坐在一張黑色膠椅子上，就是那種在廉價飯堂裡常常見到的膠椅。他坐直了身子，輕輕郁動著手指頭，伸展了雙腳。不經意的甩了甩頭，頭卻痛得欲裂。他把雙手托著額頭，其意識還是不清不楚。椅前有一張鋁造的辦公桌，桌上的座枱燈亮著，文件散亂。環顧四周，他身處於一間大概一百平方呎的小房間，左右兩邊各有一道門，沒有窗口，四面徒壁一絲掛飾也沒有，空蕩蕩的。房間異常寂靜，是那種可以聽到自己心跳和呼吸聲的靜。還有聽見遠處有一種機械式的「咻、咻、咻」聲響，如有人用刀叉刮著玻璃，讓人毛骨悚然。

邦哥的頭脹痛得快要爆炸，他下意識地摸自己的額頭查看，沒有流血也沒有受損，鬆了一口氣，暗自慶幸。會不會被人下藥以至休克？他摸摸後腦，也許是脖子後安裝的植入記憶體出了問題吧，他好友的兒子是科技部的人，就曾勸過他要換掉這個舊型號。他腦裡一片空白。昏倒前一刻在做甚麼、他在何方、為何會在這裡等等全都想不起來。翻看桌上的文件，上面寫著「希望教育島二號船值勤表」。

希望教育島二號船？

他乍然想起了甚麼。

「……希望教育島二號今天正式啟航……」新聞女主播說。

「……你下星期就準備上任……」男子說。

「……對於你的健康評估，我認為初步有腦退化跡象……」另一男子說。

「……等你很久了，你找到我啦？……」女人說。

各種記憶的片段在同一時間轟炸著邦哥的腦袋。

他按著頭，立刻打開桌上其中一份文件查看。裡面是普通不過的值勤表：開始日期是二月二十日，最後日期是二月二十三日，旁邊都簽署了一個字跡潦草的「邦」字，頁面右下角寫著：「隨船警官 • 洛邦」。備註全是「一切如常」。他的頭是一種撕裂的痛，但越痛他的某些記憶就越變清晰：他是隨船警官，身處於一艘名為「希望教育島二號」的船上。值勤表上只有他一人的名字，沒有其他職員。

房間忽然劇烈地搖晃，邦哥立刻扶著桌子。那是一種很有節奏的搖晃，時上時下，如玩機動遊戲的海盜船，而且坐在船尾。如果他真的在船上，按道理應該是遇上了風浪。

希望教育島二號，一個很老土但直接的名字。

腦袋繼續撕裂，記憶開始如砌圖一樣一塊一塊，東拼西湊的拼起來。

他叫洛邦，今年五十六歲，在警隊做著最低級警員三十多年。還有四年就退休，早已放棄升職的他但求一切平安渡過。其實警隊裡近幾年已有機械人警察和人工智能追兇，他這種文武平平又沒有新技能的老警官可用武之地實在不多。某天他看到警方內部通告開了這個閒職，便立刻向上司自薦上任。他對甚麼希望教育島一無所知，只偶爾在新聞上聽到是國家未來的大計之一，卻沒有怎樣留神。他從來都不太關心政治。

他只想做一份投閒置散的工作。

「真沒有志氣！」當時已離婚的前妻知道後，對他冷嘲熱諷。

「我是沒有志氣又如何？」這是邦哥的心裡話。當時其實他甚麼都沒有説。

砌圖失落的一塊拼上了，他想起他的前妻。果然「印象 v.1.0」失靈就只會影響短暫記憶，起碼他在這個特別的時候會記起她。

六年前當國家頒佈優生人口法案那天，他記得很清楚當日所發生的事。就像人們對於某些世界大事發生時，如美國911恐襲又或是日本311大地震，多年以後還會特別記得自己當時身在何方跟誰在一起，説過些甚麼特別話語。那天是六年前的五月十九日，他返早更，大概下午四時多已離開警局。政府公佈法案時，他還在回家的路上，只覺街上已有人聚集議論紛紛，氣氛凝重。

「邦哥！你有沒有聽到剛才國家公佈的法案？」那天在屋苑大閘門口，住隔壁的索曹先生把邦哥叫住。這個索曹先生在政府裡當個小官，平常日子總是無時無刻發表國家大好決策，邦哥一直跟他沒甚麼兩句。當時他剛下班已夠累不想研究甚麼政治，這個年代國家都是由精英中的精英統領的，哪會輪到他討論的資格？隨便跟這鄰居唯唯諾諾了幾句就離去，說的內容具體是甚麼他忘了，只記得索曹先生是打著黃色領帶。

當邦哥打開家門的一刻，他當時的妻子已急不及待走出來歡迎他。他覺得詫異，因為這樣的舉動就連新婚時也沒有。她讓他坐下來，笑看向他，興奮地說了一句「我們離婚吧」。她笑的時候，眼睛是彎彎的，不過邦哥覺得她的表情和她說的話好像不大相襯。原來說離婚的人會笑？

後來他知道了，這跟優生人口法案劃分的類別有關：全國人口劃分為優等精英、勞動階級，和低端人口三種，而低端人口更命名為多利族。劃分的標準是根據那人的職業、財產、學識和智商而決定。邦哥是低級警官，他只有中學畢業的學歷而且住政府宿舍，屬於勞動階層；而前妻的娘家全是專業人士精英分子，只要她離婚她就是優等人。

「你喜歡就好，我無所謂。」邦哥說。

「結婚這麼多年我就是最討厭你這種性格，甚麼都無所謂甚麼都不爭取，我離開你實在太正確了。」她最後還是忍不住罵了幾句。

順應她的意思又是他的錯，邦哥決定不再回話，反正在家裡他一向寡言。

而他們兩個未成年的兒子都想要跟媽媽一起擠進上流，二話不說就連自己的姓氏也改了隨母姓。幸好還有個十四歲的女兒希兒，義無反顧地要跟隨邦哥生活。對於老婆和兒子，他們離他而去，在某程度上他覺得是理所當然的事。但覺自己勞勞役役了半輩子，卻遇上了大環境的改變，結果一無所有，妻離子散就只剩下女兒。

其實根據法案，階級與階級之間是可改變可流動的，只要你忽然發達了或是去考了個博士，你絕對可以由多利階級或勞動階級升至優生族；相反亦然，優生族不是世襲或永久的，而是要用努力爭取回來，這樣才可以讓國家保持競爭力。只是邦哥覺得自己今年已經五十六歲，升職加薪幾乎跟他無緣。雖説他有中學程度，但掉下書本已久，即使想努力地改變現狀成為優生人口亦不知從何做起。況且也不見得老婆兒子就會因此回頭。他忘了是誰説的：真實的社會比起小説裡的故事還要光怪陸離。

房間再次搖晃，邦哥扶著桌子，這種晃動很有節奏，有高有低，他覺得一定是海浪造成。不過房間沒有窗，他不敢確定。房間是寂靜的，聽不到海浪聲，只聽到遠處機械式的「咻、咻、咻」聲響，刺耳難忍。

咻……咻……咻……

邦哥忽然打了個冷顫。仔細聽著，那機械聲好像越來越清晰，越來越接近這房間。他的右手習慣性地往腰間一摸，卻記起他這個隨船警員是沒有配槍的。他環顧四周，就只有桌上的座枱燈可以用作臨時武器。畢竟當了一輩子警察，即使是最低級的一員遇上突發事件也比一般人懂得冷靜處理。

他拔掉座枱燈的電線，拿著燈對準門口位置嚴陣以待。房間的門是沒有鎖可以鎖上的，邦哥把椅子搬到房門前頂著。咻……咻……咻……這聲音是越來越響了，有些甚麼東西從房間外面的左方過來，而這東西一定不是人。

咻……咻……

邦哥手心冒汗心跳加速，那發出怪聲的東西正在房門外。

咻……咻……

停頓。

咻……咻……咻……

聲音漸漸遠去。

那東西竟然過門不入往房間的右邊離開，邦哥緲緊的神經終於有了些放鬆。

不過那機械式的聲音卻觸發了他某條神經，剛才近聽之下竟是似曾相識的。到底在哪裡聽過？他想不起。砌圖依然散亂一地，卻拼不上來。

邦哥拾起摔在地上的文件再仔細閱讀，值勤表上的最後幾頁，都是簡約地介紹這艘船的基本設施和逃生門圖 —— 總共有三層：頂層前方是控制室，底層大部份是機械引擎，其餘地方則是一個又一個大的房間。看來這是一艘貨船，他想，這密室可能是他的工作房。由於逃生門圖有顯示「閣下在此」，所以他知道自己現在正在底層的位置。或許他可以到控制室查看，找個負責人或船長問一下。

老實說邦哥是因為覺得這份差事不會有丁點兒危險才申請加入的。他的職責就只是護送船隻從港口至希望教育島，再由教育島回去港口而已，理應非常直接簡單。邦哥不認為自己是貪生怕死，他只想在退休前可以輕輕鬆鬆安樂渡過。

他深呼吸，搬開頂著房門的椅子，手拿著座枱燈戰戰兢兢的打開門。門外是一條長而寬的走廊，漆黑一片，是伸手不見五指的那種黑。邦哥小心翼翼地走著，偶爾還是有些搖晃但不算厲害。他扶著牆壁走了一會，便要向左拐彎。他很想抽一根煙壯膽子，可是找遍全身就只有褲袋裡的口香糖可作心理上的安慰。他打算找樓梯往頂層的控制室去，根據文件上的簡約逃生地圖，左拐後的走廊盡頭就有一條通往上層的樓梯。邦哥從褲袋裡取出一片口香糖，放進口裡咀嚼。

樓梯口很寬敞，大概兩米，看上去像黑洞，連光也被吸進去。邦哥嚥下了口水，鼓起勇氣，一步一步走上去。走到了轉角位，聽到上方傳出窸窸窣窣之聲，他忽然有種很大的壓迫感，感覺上就像有人在前面等著他。邦哥不算膽小，但也絕不是英勇之輩。他把背面靠著樓梯的牆，直視著前方。倏地「轟」的一聲像雷響，彷彿啟動了甚麼東西。邦哥瞇著眼，好像見到有物體慢慢向他的方向移動。那「咻、咻、咻」聲越來越大，也越來越近。如果剛才是有一人用刀叉刮著玻璃，現在就像幾十人一起用刀叉刮著玻璃表演後現代交響樂。邦哥背後是牆，死路一條，斟酌前後情況，看是沒辦法躲了，只好張開眼睛舉起枱燈好好防禦。只見一個五呎二吋高的人緩緩走下樓梯，行動説不出的詭異。邦哥覺得那人有些地方不太對勁，卻一時三刻未能想個明白。

那人慢慢接近邦哥，是一種讓人失去時間觀念的緩慢。邦哥屏氣息聲，看清這個「人」。它全身用鋼鐵做，眼睛部份以電子熒幕展示。腿部只有兩個關節，下樓梯時要慢慢屈曲才能完成動作。它從邦哥身邊經過，對他視若無睹，如透明人一樣，然後再往樓梯走下去。

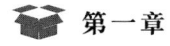

不太對勁的地方，就是因為它根本不是人。

邦哥的頭像電擊一樣痛著，卻讓他記起了非常基本的事情。記憶的砌圖又拼多了一塊。

這是最普遍應用的值勤機械人 LT-22m，在世界各地幾乎隨處可見。這類別機械人的設計就是要絕對執行人類輸入的命令，專門做一些重複性的工作，非常受不同界別的公司歡迎。邦哥鬆了一口氣，才發現自己全身都冒著冷汗。國家 S 於十多年前大量投資科技創業，特別是關於人工智能方面。當科技公司 C.A.T. 研發出機械人以代替一般呆板的工序時，國家對外的宣傳是：人類已開始進入科幻小說的年代，我們不再需要為賺錢而從事刻板無意義的工作，相反可以好好利用時間去追尋夢想。

邦哥記得那時候人們為之慶祝，全都認為自己明天不用上班可以過些醉生夢死的生活。可十多年過去了，人類的生活方式並沒有甚麼大改變，甚至比以前更難活得有尊嚴。那些以低種工作賴以維生的人全被市場淘汰，社會似乎也放棄了他們。邦哥屬於老派的人，即使不適應這樣的改變，也會默默接受。

既然知道機械聲音的來源，那就沒甚麼可怕了。邦哥立刻奔上樓梯到達頂層，他想到駕駛室裡碰運氣，也許能遇到船長或船員問個究竟。沿途碰到幾部LT-22m，它們就只做自己程式內預設的事，即使邦哥在旁也對他的出現視而不見。

駕駛室內空無一人，甚至連機械人也沒有，整個房間就只有好幾個電腦屏幕和電腦。既沒有各種按扭也沒有緊急停止裝置，平滑如鏡。邦哥走近查看，電腦上顯示著目的地、風速、坐標等等自動系統，顯而易見這是一艘無人駕駛的船。邦哥開始不耐煩，從那房間沿途經過走廊再上樓梯到頂層的駕駛室，他都見不到任何人。意思就是說，這船上就只有他一個人。他疑惑。是誰讓他失去記憶？

他想起了當日上司跟他解說船上的工作職責時，特意提醒船上運送的任何物品也跟他無關，只要做份內事隨船往返就可以。其實貨船是可以全用機械人和無人駕駛運作的，邦哥一直不明白為何要安排他這一個職位。如果船上真有另一人要把邦哥迷倒，那麼那人的動機就會是針對其運送的貨物而不是他這個人。

他離開駕駛室，走到第二層的船艙。他記得地圖上的第二層劃一分成十幾個大房，看似貨倉。加上第二層聚集了最多LT-22m，他知道運送的貨物一定就在那裡。

邦哥在二樓的走廊上嘗試打開不同的房門，卻全都上鎖了。只有LT-22m用其特別安裝的手指插入匙孔才能打開。他靈機一觸，見到遠處有一機械人正打算進入其中一間房，他立刻快跑到它身後。LT-22m對他依然視若無睹，它啟動手指頭插入匙孔，房門立刻打開了。邦哥二話不說從機械人身後走前去，可所見到的卻讓他無法相信自己的眼睛，即使當警官三十六年的他仍然不知應該作甚麼反應。

只見到幾十個小孩子赤裸著身體全倒在地上，整齊地排放，像一個沒有棺木的墳墓。

腦子裡，嘣的一聲，剛拼好的記憶砌圖又散落一地。

NEWS

第二章　失去印象

第二章　失去印象

「編號：CS39851O4935(A)

密碼：：……：：…………：：：……：」

一堆數字一堆感應，不斷重複輸入又重複刪除。

有時候長按有時候短按，像摩斯密碼。這時，就會有一把女聲有腦中毫不帶情感說：「錯誤輸入。」他不認得這把聲音。

邦哥從睡夢中睜開眼睛，天花板上的風扇在轉動。咔嚓咔嚓的響著，想必是風扇裡的螺絲鬆脫了。哎喲，上個月想修理好的卻沒時間，他想起了。又是一個數字夢，每隔一段時間他就會夢到差不多的夢境。

邦哥動了動指頭，摸摸頭髮，確認自己睡在政府宿舍的床上。勉強睜大眼睛，看到右邊的床頭櫃上有一本關於「印象 v.1.0」的說明書沒有收放好，旁邊的窗戶緊閉著，百頁簾拉下來仍透著光，現在是白天吧。

邦哥端起身體，頭卻是爆裂般痛著。「呀……我的頭……操你奶奶的……」他自己一個人時就會說髒話。他雙手捧著頭，忽然想起那幾十個小孩赤裸著身體一排一排的躺在地上的情景，如一件於當代藝術館展出的展覽品，名字叫墳墓。那是一個夢境嗎？他疑惑，因為感覺非常真實。他甚至還記得打開艙門那一刻，整個空間彌漫著化學清潔劑的氣味，如公立醫院的廉價清潔女工拿著的一桶水。

房間外傳來碗筷擺設的聲響，也聞到煮菜的味道。嗞啦嗞啦，是油鍋的聲音。邦哥下床推開門，陽光射入眼簾，差點就睜不開眼。他客廳的窗向著正東，連著一個細小的開放式廚房。早上陽光特別猛烈，是這政府宿舍唯一的好處。

「爸爸，你起來啦？快可以吃了。」十四歲的女兒希兒哼著不知名的英文歌愉快地在廚房煮早餐，邦哥聽著耳熟。牆上的鐘指著七時半。

他看著自己的女兒，陽光照射下頭髮邊泛起淺啡色，束了一條馬尾，穿著校服短裙，活脫是美少女的模樣。陽光明媚的早晨，日子美好又不真實。那灰暗的船艙和冰冷的機械人應該是個惡夢。又或是此情此景——早上起床女兒煮早餐——才是一個夢境？莊周夢蝶，是夢又是做夢者，電影裡小說裡都是這樣寫的，邦哥胡亂想著。

「爸爸，你幹嘛？不要發呆了！快幫我拿碟子過來！」邦哥隨口應著，拖著慵懶的身體慢慢走去廚房幫忙。

邦哥習慣性地經過飯桌拿起遙控器，對著電視按了開關。電視正在做晨早新聞。一個打扮淑女的新聞主播以輕快的語調報導：

「……希望教育島往來運輸的船隻，將會於下月退役。取以代之有可能會是更新型號更環保的大船……」

「爸爸，這不是你工作的船嗎？」希兒熟練的翻著雞蛋問。

「嗯。」好像是，不過他頭腦還是不清醒。

希兒煮好雞蛋，拿碟子時碰著其他碟子，發出「咻」一聲。邦哥打了個冷顫，忽然想起了船上碰見的LT-22m。「希兒，我甚麼時候回來的？昨……昨天嗎？」邦哥試探著問女兒。

「爸爸，你又忘記了？」希兒沒有正面回答。

又？

「你一定沒有聽從加爾博士的吩咐，每天準時吃藥吧！」希兒帶點怪責的語氣，一邊倒水一邊把一粒藥丸拿出來。「來，把藥吃下！」邦哥唯唯諾諾，他根本想不起自己有沒有吃藥。不過，他依然記得加爾博士那套鴨屎綠絲絨質地西裝。

自從三年前自薦到「希望教育島二號」做護船警員這份閒職後，上司安排他到加爾博士的大學實驗室做心理評估。縱使邦哥甚少留意新聞，也清楚知道加爾博士的來頭不小。事實上整個國家S的市民應該全都認識加爾博士這號人物——他就是推動優生人口法案的創始人。聽說加爾博士自小已是天才兒童，長大後更成為文藝復興式的全能全知型學者。他不單對優生學上有研究，在心理學、天文學、電腦工程、人類學、基因工程等等各個範疇都有貢獻。最重要的是，人體植入記憶體「印象」就是他發明的。這樣的一個大人物親自接見邦哥實在讓人受寵若驚，不過上司解釋說加爾博士負責構思整個希望教育島的概念，因此所有員工都需要具備他所需的條件，隨船警員也不例外。

那天是邦哥第一次到國家S大學附屬醫學研究院，他特意穿著一套只會新年或聖誕節才會穿的西褲白恤衫。走在大學裡，總覺得大部份人都是比他聰明能幹的知識分子。手機上的地圖指示錯誤，走了許多冤枉路才知道加爾博士的實驗室在地牢，聽說是因為他非常討厭陽光。

也許人們往往對大人物有過多不切實際的幻想，邦哥也不例外。加爾博士真人比報章上或電視上還要瘦削。他禿頭，只剩下耳邊兩側的斑白頭髮。頭頂上有些老人斑，有些斑印頗大，讓人想起前蘇聯時期還未變老的戈爾巴喬夫。

他埋頭於文件推裡，完全不說話。空氣中有一種緊張得快要爆炸的感覺，像是氣泡，一刺就破。邦哥坐在加爾博士的桌前，腿不自覺的抖起來。

「很緊張嗎？」這是加爾博士第一句跟他說的話，不過依然沒有抬頭看他。邦哥不敢直視，只一直盯著加爾博士的鴨屎綠絲絨質地西裝唯唯諾諾地應著。所謂的心理評估，是一份要做四十五分鐘重複又重複的問卷。加爾博士示意他坐在近門口的一張單人沙發，給了他一支筆和一份評估，說：「要專心認真地做。」然後他又低頭繼續處理自己的文件。怎麼說呢，當天的回憶就只有這些，其他的都變得很模糊。

那次心理評估後，加爾博士認為邦哥一切正常，不過可能有些初步腦退化跡象，只要準時吃藥問題不大。

邦哥一口氣連藥帶水整杯喝完。

「今早還是伯爵茶？」

「嗯。」

希兒拿起杯子放入茶包，然後沖入滾水放到邦哥面前。他啜了幾口，拿起遙控器對著電視不停轉換頻道。

「前幾天幫你洗衣服時，在你的褲袋裡找到的。」希兒指著飯桌上的信件。「你自己好好放好吧，若果跟公事有關就麻煩了。」

邦哥不在意地翻了翻信件，總共有兩封。信封上甚麼都沒有寫上，既沒有收件地址也沒有收件人姓名。他完全沒有印象，聳了聳肩，隨便就放進他的隨身袋裡。

希兒瞥了邦哥一眼，問：「誰是蘇菲亞？」

「甚麼蘇菲亞？」邦哥最終還是把頻道轉回晨早新聞。

希兒點點下巴示意著，說：「你手臂上寫的。」

邦哥低頭一看，左手手臂上用藍色原子筆寫著：蘇菲亞　27　粉筆

蘇菲亞　27　粉筆？

從筆跡上看，跟他自己本人寫的有七、八分相像，因為他寫阿拉伯數字「7」時，中間是有一劃的；字體亦寫得頗大，邦哥有老花也不用瞇著眼看。這樣推算，應該是他本人自己寫給自己看的吧。邦哥毫無頭緒，抓著頭髮，完全看不懂一切發生的事。

「我不記得了……」他苦笑著。

他摸著頭，順勢地摸到頸背後。頸背後有一塊小肉突起，對了，這是「印象」的接駁口。一定是這個記憶體又失靈吧！邦哥舒了口氣，老實說他一直擔心自己會不會真的得了腦退化。

希兒見邦哥在發呆，聳聳肩，她早已習慣父親是一個東走西撞的人。「在船上一個星期，鬍子都長出來了。」

「對啊！已經一星期了……」邦哥敲了敲自己的頭，他自己已在船上值勤一個星期了。「希望教育島二號」這艘船來回時間為一星期，距離首都這大城市頗遠。邦哥

努力地回想著船上的記憶：他從船上醒過來的時候，到底是船程的第幾天？是去程？還是回程？

「爸爸，你甚麼時候再要上船？」希兒打破了他的思緒。

「一個星期後。值勤一星期然後放一星期的假。」邦哥心不在焉回答著。

希兒看看身後的日曆，用鉛筆把日子畫了個圈，道：「好，那就是二十七號，把它先記下來。」

二十七號？

邦哥立刻衝向日曆翻看，日曆首頁是二十一號，包括今天往後數七天的確是二十七號。他看看自己的手臂，用手指摸著有點開始褪色的藍色筆跡，恍然大悟：手臂上的字原來是指下一次上船的日期。

「二十七號有甚麼事情嗎？」希兒看著父親恍然大悟的臉，想知個究竟。

「沒甚麼。」邦哥畢竟還沒搞清楚整件事情，實在不能跟十四歲的女兒討論。

「爸爸，如果你有另外一個女人的話，你不必在意我的存在。」希兒人細鬼大，邊吃著麵包邊平常地說。

「你胡說些甚麼！」邦哥尷尬地吼著。

希兒格格聲笑了笑，做了個鬼臉，拿著書包準備離開。

「你要去哪裡？」

「去上學呀！我今年一定要把第一名拿下。我們現在是勞動階級，我可不想有一天醒過來變成低端多利族。爸爸，你也要去述職吧？」希兒說了聲再見就頭也不回地開門走了。

勞動階級。多利族。

邦哥聽著這些新詞彙只覺生厭。

希兒如此清晰順口提到社會上從新劃分的階級，就知道學校一定把法例解釋得非常清楚。如果要成為精英人口，除了原生家族之外，努力靠自己的能力亦可通過國家考試而晉升。可是有這個必要嗎？才只是十四歲的女孩而已。邦哥他自己十四歲的時候就連老豆老母給他立下的家規都忘得一乾二淨。可是要他勸女兒不要把這條法例放在心上，他卻沒有勇氣。難道要跟女兒說現在是花樣年華，應好好享受校園生活，就算拍拖談戀愛也是應該的嗎？不不不，女兒選擇留下跟他做勞動階級，他怎好意思再提議這些不思上進的話？畢竟邦哥只是個凡人，作為父母，最怕的就是子女太不平凡，因為那可能需要付出沉重痛苦的代價。沒法子，也許這樣就好，跟大部份人擁有相同的價值觀是福氣，邦哥想著。

對了，每次下船的翌日都要回警察局述職，幸好希兒提醒，邦哥差點忘記了。其實到警局述職只是例行公事，以前還需要用電腦寫份報告，自從三年前研發了「印象 v.1.0」後，就只需要到科技部自己直接由電腦插入脖子後的記憶體下載資料就可以。如果案件不複雜，幾分鐘內就可以完成。

縱使心中有千百個問號，但他很了解，單靠自己的能力是解決不了。與其糾結問題，不如先去洗個澡吧，反正下午五點前回警局就可以。他吹著口哨，脱掉衣服走進浴室。站在洗面盆上的鏡子前，仔細看著自己的臉，的確是有點不修邊幅。邦哥拿起剃刀抬起頭刮著下巴的鬍子，戛然而止，他覺得今天的脖子有點不同，可是有甚麼不同卻説不出個所以然。

＊＊＊

從邦哥的家到警局，只需步行二十分鐘。街上冷冷清清，也許是因為剛放了個長假期，人們都不太願意上街。邦哥步行到路口，站立在斑馬線前等過馬路。馬路的對面是一幢沒甚麼性格的高樓大廈，面目模糊。大廈外牆上裝上了大熒幕，正放著政府為自己宣傳的廣告：

「國家S是完全準備迎接新世紀的挑戰，擁有一切現代化的設備。
在未來，這裡將會是全球精英聚居的地方，
我們有高效率的值勤機械人LT-22m、有強化工作的植入記憶體『印象』、
有最先進的基因工程，
完全適合對未來有夢想的你，
讓我們一起打造新世紀的傳奇。」

廣告片長達三十秒，差不多就是交通燈由紅轉綠的時間。影片裡全都是非常廉價

的溫馨場面：初生可愛嬰兒在笑、情人相擁、國家S的山山水水、人們不知為何愉快地大笑著。總之就是一堆不合邏輯的影片湊在一起，然後高呼要優秀，要非常優秀。

行人交通燈由紅轉綠，邦哥大踏步向前走。如果人生可以如廣告片中沒有煩惱事，非常正面的歡欣微笑該有多好。他還是比較喜歡以前靜靜的街角，心裡坦然，每人自有每人的步伐。

＊＊＊

「邦叔，這已經是我第三次告訴你，你要更換你的『印象』。你正在用的雖是1.0版本，但其實當時任誰都知道那是測試版，很多地方都不完善。」科技部的小胡說話時總不太敢直視別人的眼睛，語氣卻自信肯定，可能是跟述說自己專業的知識有關。「從下載的資料上看，你在船上的記憶就僅餘這大概兩小時的活動。『印象』就像飛機上的黑盒一樣，理應會記錄你一切的行動。當然你是『駕駛員』，你可以自己重設，又或是到我們這裡用特別的電腦幫你刪除記憶，亦不排除你的版本太舊而失靈。不過這樣做會對你的大腦傷害很大，我不會建議強行刪除。」小胡戴著粗框眼鏡，身型略胖。腰間的肥肉從褲頭突了出來，明顯是缺少運動。就像大部份以電腦為工作的人一樣，不善於交際。

邦哥默不作聲，他不是不想更換「印象」，而是這樣更換就可用盡了他一年的薪水。

自從優生法案通過以後，警隊上下資源分配也跟著不同的階級而發配。像邦哥這種護送船隻到希望教育島這樣的閒職根本沒有多少人會理會，加上他屬於最低階的警員而且又將近退休，在上司的眼中是可有可無的一名棄將。「印象」研發了三年，他的記憶體就用了三年。想當年他是第一批獲政府免費安裝的勞動階級，俗稱「白老鼠」。「印象 v.1.0 」只會記錄兩個星期的記憶，兩個星期前的記憶就無法保留。記憶依然會留在腦海內，但兩星期後已無法取得紀錄。它既可以下載記憶，亦可刪除腦內的記憶。跟下載一樣，只可以剷除兩星期內所發生的事。但警隊內部有指引，如非特別情況，絕不建議強行刪除。

三年過後，這批白老鼠若要更新「印象」到新版本，就只可從自己的腰包淘錢了。

邦哥還有四年就退休，當然不想白花銀子。

「現在的科技日新月異，今天甚麼機械人，明天就植入人腦記憶體，但好像對於我們這種平凡人卻毫無用處。」邦哥嘆氣搖頭，無意識地用食指敲著桌面。

小胡沒甚麼反應，仍看著電腦，說：「這裡顯示剛才我幫你下載的資料，是從十五號的零晨二時七分開始，正確來說是長達兩小時十二分五十五秒的記憶。你是十四號中午上船的，亦即代表這是屬於第一天的記憶。你有印象？」

第一天的記憶會是夢中船上赤裸的小孩嗎？

邦哥不敢問。他記起自己簽署的文件，他在船上所聽所見所聞都是被禁止對外人透露的。所以即使問了，小胡亦沒有權限去看他的檔案。邦哥忽然變得躊躇，他應該繼續追查下去嗎？知道事實真相又如何？那是他的份外事。多一事不如少一事本就是他做人宗旨，況且他根本早就被禁止知悉船上的任何運作。邦哥瞥了小胡一眼，心中有鬼，打了個哈哈說：「有……有印象！我想起來了……想起來了……也沒甚麼特別的……」

「邦叔，你不更換記憶體，情況是不會改善的。過去一年，差不多每隔二至三次你的船上值勤紀錄都是空白的。有時候你的記憶很完整，有時候則只殘留片段。」小胡托了一下眼鏡，仍是盯著電腦說。「你是不是有甚麼難言之隱？我可以幫你更換，很快而且不痛。」

邦哥帶點迷惘看著小胡，搖搖頭。

小胡是邦哥舊同事的兒子，從小看大的子侄，三十多歲，是警局科技部的技術人員主管。去年剛成家立室，住在邦哥同一幢政府宿舍。聽說他跟他的太太，就是經由最近流行的「科學婚姻」而結合的。

「科學婚姻」就是要年青人「有智慧地墮入愛河」，通過配對彼此的基因、背景、相貌、血型、各種智商情商等，有效率地尋找最好的伴侶，以及培育最優秀的下一代。

半年前小胡的太太誕下兒子，為了讓兒子擁有優良基因，小胡花了畢生積蓄去挑選基因，「度身訂製」一個最好最適合的孩子。邦哥的舊同事老胡如果在世，不知會否認為這樣的孫子最完美。

邦哥不置可否，彷彿整個世界都在運行著，就只有他自己原地踏步。

對於小胡的提問，邦哥哈哈乾笑幾聲，說：「我怕痛嘛，那個手術很是嚇人！我年紀大了又有個女兒！」這幾聲乾笑背後，任誰都猜到這不是真話。其實邦哥最怕被上級認為他不再適合做警察而被迫辭退，這跟退休是有分別的。根據優生法，他將會成為低端人口多利族。如果他是孤家寡人倒沒所謂，奈何他不是，他還有希兒。他絕對不可以讓希兒的生活比現在更差了。

「你的兒子快六個月了吧？好玩嗎？」轉換話題是唯一的救贖。

「非常聰明，六個月就已經可以記住我們的臉。他會學我們做事，呀呀呀的有著說不停的話。手指又很靈活，將來可能是鋼琴家。過幾天就要通過國家安排的基因及智力測試，不過我完全不擔心，一定可以通過的……」就像天下間所有父母一樣，說起自己的孩子就滔滔不絕。邦哥完全沒有留心聽著，只微笑，間中點頭。

他是一個偶爾會失去部份記憶的人。只要習慣了就好，他跟自己說。

第三章　兩封信

第三章　兩封信

「洛邦先生，很抱歉，關於借貸買房子的事，我們內部已拒絕你的申請。」銀行的電腦用一把人工混合的女聲毫無感情地讀出。那一句「很抱歉」，是完全感受不到抱歉的意思。

「原因：不明。

如有需要可於辦公時間內預約與職員聯絡。

多謝選擇我們銀行的服務。」那女聲依然不自然。

電腦上顯示著「請問需要把結果列印出來嗎？」邦哥本來想按「不需要」，後來又改變主意按下「需要」。整間銀行沒有一個職員，他想找個職員問個究竟或上訴結果也不可以。這裡只有十幾部電腦和兩部LT-22m。銀行差不多所有門市的職位，早已被電腦和機械人取代。到底這些新科技是讓誰更方便？邦哥不明白。

電腦旁的列印機列印邦哥的結果，「嚓嚓嚓」的快速印了出來。邦哥拿起那張紙，看也沒看就捏造一團放進袋裡。他走出了銀行，六神無主，在旁邊一個小公園的長櫈上坐下來。這個公園中間是一個大圓形的沙石地，沿著圓形的外圍種滿了樹，樹下每隔兩三米就有一張長櫈。平日下午二時的公園很安靜，小孩子都上學去，就只有兩個老人坐在不同的長櫈上，還有一個看似懷孕的女人在散步。大家都避免走在沙地上，因為空曠無人就特別受人注目。

邦哥這樣一個中年男人在這個時間百無聊賴的待在公園裡，在其他人眼中應該是個失業漢，又或是最無能的低端人。即使社會進步到已有電腦和機械人代替工作，人們對男人的期望還是如原始時代一樣沒有改變。

早前內部出了通告，低級警員會於不久將來被取消入住宿舍這項福利。如果真的需要遷出政府宿舍，以他的薪金，就只能租到市中心最龍蛇混雜的地段。要是他還只是單身寡佬，他也不必惆悵，居住環境再差也能頂著。奈何現在希兒跟著他，作為一個父親沒能夠為女兒提供安居是他不能接受的。邦哥從沒有想過要為自己的居所打算，誰會想到有這樣的一天？

即使在同一機構內，階級無處不在。像他這種被分為勞動階級的，所有福利被大大削減。原因好像是因為要把資源集中在警隊裡的精英身上，這樣才有利於吸納人才。明顯地，他不是一個人才。

要不就把希兒送回她母親那裡吧？他覺得這是最後的方法，而前妻一定會帶著嘲笑的嘴臉來回應他的求助。

邦哥正想抽煙，從褲袋裡拿起煙盒，卻想起公園早已被納入禁煙的地點。不知道從甚麼時候起，抽煙在這個社會上已等同無能和不能自我克制的意思。

如果要力爭上游成為優生族，最好還是不要抽煙。雖然法例並沒有確切地寫出來，但這已是約定俗成的規定。所以在街上如果看到有抽煙的人士，百分之一百可以肯定他絕不會是社會上最優秀的人。私底下是不是每個優生人都如此完美，他不知道。

邦哥無奈地把煙盒放回褲袋裡，正想把雙手高舉放在頭後伸展時，卻不小心從袋裡翻跌出兩封信在地上。他彎下腰拾起來，拍拍信封上的灰塵，記起了這是早前希兒在他衣袋裡發現的信件。

信封上沒有郵戳，也沒有地址或收件人姓名。他撕開封口，打開第一封信，信中沒有上款，也沒有下款。字跡秀麗，直覺上應該是女人寫的。

「這裡沒有窗，是一間密室。如果我要呼吸新鮮空氣，我要靜待孩子睡著了才可偷偷走出去。可是那裡也不是一個空曠的地方，就只有那麼的一個小小的圓形的窗，可以看到藍天白雲。然而那個世界很遙遠，就像永遠隔著一塊厚厚的玻璃在看電影，而這齣電影卻用放慢了十倍的速度播放。那塊玻璃多年沒清潔，就只看到矇矓的影像。這齣電影沒有聲音的，很靜，很靜。

不要以為在這裡我會不習慣，只是有時候略嫌有點過份的安寧。我一直喜歡安靜的地方，它讓我想起我小時候在一堆廢棄的天然氣管裡玩耍的日子。現在想來，那些日子很遙遠，就像是上一輩子的事。那些天然氣管可以很長，最長的我見過有十米。我的童年大部份日子就在這些管道裡自己一個穿插嬉戲，很黑，也很安靜。有時候我會靠在入口的地方，因為那裡有光。我身上帶著一盒粉筆，就這樣坐在管道裡於牆壁上畫畫。

每天被困在這裡（我寫「被困」好像有些不恰當，因為我是自願的），沒有書本，沒有音樂，真正的與世隔絕。一天很長，一天很短。時間這東西時快時慢，有時候又像完全沒有流逝。我身上有幾支筆，偶爾教孩子畫畫，或自己編些小故事。

時間是相向的。大家顯示的鐘是一樣，但彼此感受卻完全不同。就像小時候覺得兩個多月的暑假很長，然而對於要照顧我和兩個哥哥，還要經營小食店的母親，時間再多也不會夠用。一天之於她，就像眨眼般流逝。所以我跟我兒子在這密室中的感受永遠不會同步。二十四小時對於我而言，是我三十七年人生的零點零零七四百分比。但於我五歲的孩子，一天是太長了。

那天我們在研究，到底要經歷多少代人才能有一個成才的子孫？答案是三代，起碼要三代。我這一生已經完了，像播放著一好歌，現在聽到的都只是餘韻。

對不起我的文筆不太好，我比較喜歡畫畫去表達我的情感。但是我選擇寫信給你，因為你很快就會忘記我所寫的。生於這世代，學會忘記是一件好事。你說你好像喜歡了我，我聽著很是高興。知道有人喜歡自己有誰會不高興呢？

對於未來我已不敢想像。因為我已走向了錯誤的道路，這是一條不能退的路。

抱歉，廢話實在太多。你看完這信就立刻丟掉吧，留著確實危險。」

第二封信也是沒有日子和收件人，不過信紙泛黃，也許比第一封信更早寫下來也說不定。

「昨晚我又在睡夢中驚醒，我夢到孩子被人殺了，血流滿面。我醒來立刻看看床邊，孩子還安在，好好的在睡覺。我用手探了探他的鼻孔，確定還有呼吸，舒了一口氣。他這個年紀甚麼事都不懂，睡著了嘴角還微微笑的。有時候我是真的再也忍受不了這種折磨，很想抱著孩子一起了結一切。就算我想以天下為家，這個天下就只有四面牆壁。同時，這又是我的選擇。我可以選擇外面的世界，但我選擇自困來延長彼此活著的意義。

你知道嗎？他的世界就只有我。真的，一直以來就只有我。我知道我對不起這個孩子，他從小沒有爸爸，也許我是一個任性的母親。要困著一個孩子實在太可怕，而其可怕之處是要讓他學會這叫「正常」。他的世界沒有朋友、沒有學校、沒有玩具，就只有我。

成為母親，就像是自身的生命又從頭開始。既是未來，也是過去。是生命的輪迴。做母親之前，我以第一身感受生命。做母親之後，我則用一對以母親的角度的眼睛再感受多一次。

我跟我的過去已做了一個了斷。我本來以為我會很悲傷的，可是原來比想像中輕鬆得多。從此以後，就再沒有人會期待我的出現。沒有人會説愛我，我也不需要裝著享受被愛。也許有些人會偶爾想起我，但就只是想起而已。對於他們的生活，就連泛起小小漣漪也沒有。我帶著這個孩子四處飄泊，剛跟鄰居混熟了又要搬往另一個地方。沒有目標，沒有計劃，但求活著原來也不容易。

還記得住在市中心聖德蘭廣場後街的半年，那是最可以安心的日子。因為住在那裡的人，全都有不可告人的故事。沒有人會告訴你他或她的過去，也沒有人會去詢問。大家偶爾在這後街相聚，只要互相照顧就可以了。那裡天還未亮就很熱鬧，就像是整個城市的心臟。當然心臟也有好壞之分，大概大部份優秀的人都稱我們為毒瘤吧。他們當然想對我們趕盡殺絕。其實我們已經把自己的人生都投降了，為甚麼他們還要對我們如此鍥而不捨？我不知道，人心是如此惡毒，我不想知道。

如果你有時間的話，可以到那裡走走。然後告訴我，最近那裡變得如何。我記得街頭的麵包店師傅常常送我麵包，畢竟帶著個孩子四處奔走賺錢不多。每天清晨那麵包香氣總是充斥整條街道，然後隨之而來的是各小販的販賣聲。這裡很特別，我們完全是一個自給自足的社區。既然那些人如此討厭我們的存在，甚至用各種方法取代我們，那我們就用我們的生存之道去證明自己的價值。

我在那裡沒有脈絡，早上醒來把孩子放到隔壁的嬸嬸代為照顧，然後去附近的美髮店幫人家修甲。我們的客人大部份是區內的人，女人不論任何階級都愛美。當然有時候有些勞動階級的女人會貪便宜走來我們這裡修甲和美髮，大多很好禮貌。下班就到街市買菜，回家接回孩子一起用餐。在那裡彷彿生活如常，我們沒有鄙視我們自己。只要不離開這後街，低端人口多利族這種界別是不存在的。

又，我當年住在後街113B號六樓。不好意思，我一直只寫著這些無聊事，但你的存在就是我唯一的出口。

看後如常把信丟掉，這些無聊瑣語不值得留。」

邦哥伸了一個懶腰，沒有如信中提及般把信丟掉。他把信件對摺，也沒有放入信封，隨便就往袋裡亂塞。

＊＊＊

市中心聖德蘭廣場後街其實就在小公園附近不到八百米的地方，徒步的話不用十五分鐘就到。與其說是一條後街，倒不如說是一個社區更貼切。只不過其範圍是由廣場的後街開始，一直伸延至三個足球場般大。這裡是惡名昭彰的貧民窟，大部份多利族群就住在這裡。

邦哥聽過很多同事描述在後街當值時不同的故事：有毒販、有妓女、有地下錢莊、有販賣人口，黃賭毒應有盡有。正常人家是絕不會出現於這地區，甚至避之則吉。優生人或上流人士絕對不會住在市中心，他們看到要跟那些低端人口共存於同一空間，那怕是一條街道或一個公園都是不可能的。其實以前還不至於如此，所謂的「以前」也只是二十年左右的光景。邦哥跟前妻拍拖時，常到後街附近的商店閒逛。雖然品流複雜，但不算危險。商店裡主要售賣二手貨，很有一種尋寶的感覺。因為前妻喜歡穿高跟鞋，而後街沒有行人路，人多車又多，這時她會緊緊捉著他的手穿過人群。手心沁著汗水，她的高跟鞋咯咯聲響著。

那已是年代久遠的事。優生法把這群低端人口聚集一起，也使那個人變得與他毫不相干。

後街的街道像迷宮，左穿右插很容易就會迷路。下午時份街上人少，有幾個老婦人圍坐在大樓門前閒話家常。見到邦哥此陌生人經過，都不約而同閉嘴斜睥睨。邦哥與他們對望，然後繼續向前走。

113B號六樓。

邦哥反正下午無事可做，心血來潮想去找這個信上提及的地方。上網於地圖上搜尋，但一如他所料顯示的結果都是錯誤的。

「先生，需要特別服務嗎？」一個濃妝艷抹的中年女人依傍著街角的牆邊，一隻手拿著香煙，一隻手抱著胸前陰聲細氣的問。女人穿著艷紅色吊帶背心，黑色假皮短裙，襯著一對黃色拖鞋。臉上皺紋很多，大概四、五十歲的年紀，從事著世上最古老的行業。

「請問你知道113B在哪裡嗎？」

「不知道。」女人知道邦哥對他沒有興趣，態度立刻一百八十度轉變，聲線也變得刺耳。

「那麼附近有沒有甚麼麵包店的地方？」

「前面轉角有一間。」她說。「真的不需要我？」

邦哥輕嘆一聲從褲袋裡拿出煙盒，抽出一支煙。女人識趣地連忙用打火機幫他點燃香煙。他深深吸了一口，鼻孔噴著煙，隔了良久，說：「今天不需要。」

女人也沒有特別失望，這樣的對答對於她而言是家常話。「你是 C.Lab 的人吧？」

「C.Lab？」

「我看你的眼神動作，應該就是他們的人。」

「我不知道你說甚麼。」

「他們每一個都像你這樣否認的，你脖子後的那個裝置出賣了你啦。」她輕率地笑著，邦哥這時才留意到她有一顆門牙丟了。「我行走江湖多年，沒有看錯的。你呀，就跟那個甚麼甚麼博士請來的人一模一樣。在這裡成立這樣的公司最好，沒人管又多客路。像我這樣的人都想要個裝置，嘻，我沒有幻想過要往上爬，現在這樣有甚麼不好？不過我好奇而已，但你們公司實在賣太貴啦！我要睡多好幾十個男人才夠錢。不過你如真的不是他們的人，我可介紹你去呀！我會有介紹費的，沒人帶路你肯定找不到……」她滔滔不絕說著邦哥不明白的話，邦哥只覺她說話時，那失去的門牙像一個黑洞。

他再深深吸一口煙，然後把香煙彈落地上，沒有理會那女人就走開了。那女人刺耳的聲線讓他很納悶，本來想著要冒險的興致早已失去。他向前走然後於轉角處，見到一間麵包店，他進內買了兩條方包作晚餐就離開後街。心情鬱悶，就像看了一套期待已久的電影，到頭來卻是爛片一齣。

管他媽的那封信，他壓根兒不知是誰寫的。

ITALY
PARIS
IBIZA
МОСКВА
Mexico

第四章「蘇菲亞27」

第四章　「蘇菲亞 27」

二十七號，是邦哥上船的日子。

他還是搞不懂手臂上自己手寫的密碼，也許粉筆就真的只是粉筆？這是他唯一有把握的推算。也罷，他打算到家附近的文具店買一盒帶上船。

走到政府宿舍的大門口外，邦哥看到人群聚集一起議論紛紛，有警員在場，瞅見索曹先生也在其中。他正想避開，可惜索曹先生已向他招手走過來。

「嗨！邦哥，邦哥！你知道發生甚麼事嗎？有人從高空拋下一個嬰兒……哇……真狠心呀……」索曹先生的語氣充滿同情的口吻。他點了兩支煙，一支遞給邦哥，邦哥接過來深深的吸了兩口。「你說，有誰會這樣狠心？那個嬰兒屍體我見到呀，應該已經不是初生的了，大概半歲吧！你認為是誰家的？」

邦哥把煙吸入口又吐出，不小心咳了兩聲。

「依我說這個嬰兒一定是因為過不了國家的考試，做父母的覺得自己太失敗所以……」索曹先生用手做了一個殺頭的手勢。

其實殺孩子這樣的事情已變得很普遍，甚至像是這個國家不成文的規定：你的孩子不夠聰明，請你自己解決掉吧──整個地方到處都洋溢著這樣的氛圍。六年以來一直沒有人公開討論過這些社會現象，彷彿一夜之間那些社會學家人類學家全消失了。當然他們大部份都在金字塔上的頂端，享受著上面的風景，哪有時間理會腳下的一群不相識的人？偶爾會有報章報導，但只是在日報上輕輕提幾句了事。邦哥完全不理解那些父母，他想到了他可愛的希兒。

「你不是一向支持優生法嗎？」邦哥問。

「支持呀！老實說，這樣是為大家好，生了個不合格的孩子除了損害大眾資源外，自己又要送走孩子到希望教育島又要擔心他不知將來如何適應社會，倒不如趁他不懂事，一了百了。」索曹先生嘴裡還含著香煙，邦哥聽說因為他妻子不許他抽煙的緣故，他只好常常在宿舍大閘門口偷偷地抽。「不過所謂君子遠庖廚，道聽途說跟親眼看見是有分別的。」

「說得也是。」邦哥隨口和應著點點頭。

「所以政府也不會怎樣懲罰這些父母，抓到的話最多是罰款了事。反正在優生法下，智商不夠的嬰兒都要被送到希望教育島改造，那這對家長決定了決自己孩子的生命，不正是幫了政府一個大忙嗎？我們納稅人的錢都省了，對吧？」他笑著把香煙弄熄塞進垃圾筒上的煙灰缸，然後又點了一支新的。

「嗯。」邦哥心不在焉，看到離遠處警方讓路給LT-22m搬走一袋黑色膠袋，相信就是那死去的嬰孩。群眾開始散去，就像剛從戲院看完電影走出來一樣。議論紛紛，卻又無動於衷。

＊＊＊

邦哥走到船板上，抽了兩支煙後才發現今天他一共抽了三根。要破戒了，他想。

船板上風很大，邦哥瑟瑟縮縮的，可是他不想進去船艙。不知道為甚麼今天晚上船艙裡好像特別寂靜，他有點不安。也許是想起了那個似是而非的夢，又或是碎片中的記憶裡曾經出現過的小孩子的裸體。他情願看著無盡的深黑色的海浪。

邦哥在船上一星期的活動範圍，就只有工作間、自己的船艙，還有由船艙的露台連著的船板。其他地方，他都被立入禁止，名副其實的隨船警官。只隨船，沒有任何作為。即使船隻到達希望教育島，他亦不可以上岸休息閒逛，因此他從來都不知道這個島長甚麼樣子。

起初他對於自己的工作有些疑惑，這跟坐監根本沒甚麼兩樣，只需要定時定候填寫值勤表就可以了。不能上網，電話亦是緊急才可以用，有時候他覺得自己像被世界遺忘。不過日子久了，邦哥還挺適應這種百無聊賴的工作。他手機上下載了十幾套電影和幾隻披頭四的精選音樂來消磨時間。

跟希兒道別後，他就再沒有機會跟任何人説話。一切都自動化，一切都是機械式的。接駁的車上沒有司機，通關的關道上沒有官員，船上也沒有同事，如果不把LT-22m計算在內的話。邦哥的手提行李上印有一個很大的紅色商標「美達旅行團」，這個行李他用了整整二十年，當年他跟前妻新婚時去旅行送的，想不到如此耐用。人都離開了，但物件仍在。警局規定只容許帶一件小型行李上船，反正他也沒有多少隨身物品。

從關道上通往船艙，有一條長長的接駁走廊。走廊是密封的，很寬敞但樓底卻是不合比例的低，讓人有莫名其妙的壓迫感，天花是一大片白膠片透著光。通關的門只要閉上，就有一種難以言喻的寂靜。走廊上只有邦哥一人，波鞋跟假雲石地板的摩擦聲黏糊糊地喀吱喀吱的，每一次他都只想快點走完。這裡沒有行李檢查關卡，看報導說這新式的走廊就是一個大型的X光箱。你的行李箱、你的骨架、你的心肺，全都被透視。如果帶了違禁品上船被發現，會如何被帶走？他不知道，一路走來他一個人也見不到。彷似坦蕩蕩的設計，實際上連監視螢幕在哪裡都要猜度。

邦哥把手上的香煙掉進海裡，無聲無息的，未碰到浪花已經消失掉。讓他耿耿於懷的，是那天記憶裡的片段，還有小胡對他最後的忠告。

「邦叔，其實除了你的『印象』有問題外，還有一個可能性。」小胡含糊地說。

「是甚麼？」

「就是有人故意直接刪除或抽取你的記憶。」小胡一口氣說出來，看出他是鼓起了勇氣。「每一個記憶體都有個編號，而當日安裝時亦有讓你設定密碼吧？只要能夠知道你的編號和密碼，再用特定的超級電腦聯繫上，又或是直接按你後頸的按扭，就可以強行刪除你兩個星期內的記憶。」

「哦……」

「只有我們這裡和加爾博士有這特定的超級電腦，我……我沒有暗示是誰做的啊，我只說有這個可能。」

邦哥當時有點不知如何反應，他這樣一個低級警員幹著這樣一份無聊的工作，理應到退休都沒有人會留意。在他的同袍眼中，他就只是一條永遠不能晉升的老油條。從不會犯大錯，卻也毫無建樹，做一份閒職輕輕鬆鬆準時出糧就算。圓滑老練，絕不會走險出錯。安安份份的話，四年後的退休金就袋袋平安。當時他的前妻因要做優生族而離開他，同事閒言閒語之間還是同意他前妻的選擇佔大多數。要說加爾博士盯上他，也未免太看得起他。

他深呼吸了一下，不知哪裡來的勇氣，他決定要去查看一次當日見過的那個船艙。

一切始於自己驚醒的工作間。

從自己的船艙到工作間，中間只有一道門相隔。邦哥努力回憶那晚瑣碎的片斷，感覺就像是睡夢中做了很多事，明明知道發生了事情，第二天醒來卻忘記得一乾二淨。工作間甚麼都沒有改變：一張辦公桌、一張椅子、他常用的煙灰缸，還有散亂的文件。牆上沒有畫報，桌上沒有裝飾物，多餘的物件一件也沒有。他找到了記憶中的值勤表，一如以往，上面除了無意義的日期和自己的簽名外，一無所有。

他坐在椅子上環顧四周，密封的房間讓他想起加爾博士的辦公室。小胡說加爾博士也擁有特定的超級電腦，邦哥努力地回想當日見面的情景，他完全想不起有沒有看過類似特別的電腦。那天他只被接待到加爾博士的桌前，桌子上可是一部電腦也沒有，只有幾份文件整齊地放著。又也許只是他不夠機警沒有留意。他想起加爾博士的聲音，低沉而富有磁性。因為他一直只敢盯著博士的西裝，所以他特別記得他的聲音。

「你的職責很簡單，就是隨船警員。」加爾博士微笑時左邊的嘴角會向上。「請你放鬆一點，不要拘謹。」

「嗯。」

「其實我的實驗室時常會用白老鼠做實驗的。最近有一個實驗，是要把一些天生有缺陷的小白老鼠捉去研究基因的問題。」加爾博士說話溫文爾雅，不溫不火，帶著只有知識份子才有的口音，透過圓形的金絲眼鏡，從容不迫地直視著邦哥，說：「不過呢，有一、兩隻小白老鼠比較難調教，總會從籠中偷走出來。如果你在實驗室工作，發現這些偷走的小白老鼠，你會怎樣做呢？」

「作為一個稱職的工作人員，我當然會把老鼠捉回去。」

「如果那些小白老鼠很可愛呢？」

「那雖然會有點難過，但我還是會盡責的。」

「又若然小白老鼠向你求救呢？」

「這個假設有點奇怪。」

「我可以教你如何應對……」

當時邦哥是如何回答的？而加爾博士教過他甚麼？他不知道。他的記憶到此為止。到底是他徹底地忘記了，還是如小胡所說，有人特意讓他忘記？耐人尋味。

咻……咻……咻……

咻……咻……咻……

他又再次聽到LT-22m的聲音，刺耳又毛骨竦然，不過這次他冷靜不少。

做偵探應該也需要天份吧，他想。

曾幾何時，邦哥有夢想過自己可以做一個出色的探員。沒有人一開始就是一個老油條，也沒有人會覺得自己一生都只是個低級警員。他中學輟學，因為他討厭讀書。之後做過鞋匠學徒，然後18歲考入警隊。在那個時代，這是一個很平凡的故事。不想讀書就出社會做事，理所當然。工作上只怪他從不上心從不增值，不夠進取又不會跟上司搞好關係，一直以來就連晉升的機會也沒有。放到現在的社會精英制度，邦哥人生根本不合格。就好像所有人都在追求精采不平凡的人生，然而他卻往相反的方向走。他就應該像今早的嬰兒一樣，趁還未用盡社會資源就要被處理掉。

「希兒跟著你，她的前途盡毀了！」有一晚，他前妻向他吼著。

「這是她的選擇。」

「她只有十四歲，她懂甚麼？」

「就是你這些態度讓她不想跟著你。」

「你可以給她甚麼？」

「我會給她最需要的父愛，還有如何做一個正直的人。」

「哈！」她帶著鄙視乾笑了一聲，說：「拜托，你到現在還沒有弄清這個社會的遊戲規則？幼稚！」

去他的遊戲規則！我就是他媽的幼稚！

正當邦哥不耐煩的坐在椅子上左思右想，回頭望向船艙和工作間之間的門時，倏爾發現門上正中間位置有人用鉛筆寫了字：A19。他感到手心冒出汗來，沒有想到線索就這樣毫無預兆地被他發現。他走近看，這字跡不大不小，正好在門的當眼位置。字形偏圓，特別是大階A是用潦草，字體像小朋友初學的一樣，非常工整認真。邦哥肯定不是他自己寫的，而且他從未見過有字寫在這門上。

A19？

他靈機一觸，立刻翻看桌上的值勤表裡最後一頁的逃生平面圖：第二層 A19號艙。他沒有估錯，A19是船艙的號碼。船艙號碼的排列混亂不堪，A19的右邊是

C1，左邊是G22，似乎其編排並不是跟船艙位置有關。

邦哥不禁沾沾自喜，他還是可以成為偵探的。

其實他已經不太記得上次進入那個船艙確實的位置，看著平面圖，他只可以肯定是同一層。至於那船艙是不是A19，他則不能確定了。

邦哥不知道船上有沒有閉路電視監察，就如同碼頭的走廊一樣，一切表面上都像是光明磊落。

他拿起桌上的電筒和平面圖出發，期間碰過兩部LT-22m。不過它們就像《星空奇遇記》(Startrek)的博格(Borg)一樣，只會對自己被設定的任務有興趣，其他事情卻一概不理。

他站在A19的門外，附近沒有LT-22m，他不可以好像上次一樣進內。他吽著大氣心跳加速，他害怕。他害怕再次見到那情景，無邊無際的小孩裸體橫躺在地上，又如邪教的拜祭。他輕輕觸碰門把，出奇地沒有鎖上。咔嚓，這一刻，他覺得他的心跳停止了一秒。

他深呼吸，其實還是畏畏縮縮的，閉上眼睛，打開了門。

睜開雙眼，船艙空空如也。

邦哥一顆懸在空中的心即時放下，卻又不禁有點失望。他走進去，船艙很大，空蕩蕩如兩個籃球場那樣大小。黑漆漆的，隨著海浪搖晃，偶爾有些月光從船的小窗外透進來。他慢慢移動向前，剛走過船艙的一半時，砰的一聲，剛才進來的門忽然關上了。邦哥嚇了一跳猛然回頭，他發現自己的手抖震著。

「誰？」

空空如也，只有回音。

邦哥走過去門那一邊，的確甚麼都沒有。當他回過頭來時，卻看到前面遠處站著一個小孩子。

剎那間，他的心臟幾乎停頓。

邦哥從不信鬼神，但這一刻卻讓他想到無數鬼故事的情節。船窗再次透進月光，照在那小孩子的臉上——蓬頭垢面卻有著一對清澈的眼睛，應該是一個男孩。

邦哥回過神來，鼓起勇氣正想開口查問。不料那小孩卻喊了一聲：

「邦叔叔！」

這一聲「邦叔叔」直接撼動了邦哥，當他定下心神時，那小孩子已奔走去船艙的另一角落。

「喂！……你……等等……」邦哥跑前想去追他，卻發現小孩消失了。他四顧張望，小孩的確不在這個船艙裡。「不寒而慄」是他此刻想到的四個字。這是不可能的，他抓狂地想。

他走向小孩消失的那道牆，一邊摸著一邊仔細看，忽然發現有一道隱蔽的門藏在牆裡。

他輕輕把門推開，裡面是一條長窄的走廊，像是秘道。仔細傾聽，走廊的遠處傳來急步走的聲音，越走越遠，相信就是那個小男孩的。邦哥實在不情願走進這無盡的黑洞，可是事已至此他也別無選擇，他深呼吸一下，咬緊牙關，向前邁進那漆黑的深處。他後悔自己沒有在船艙拿手電筒，明明就掛在當眼處。

這條秘道不能稱為走廊，邦哥要彎下身才能走進去，相信是以前讓船員維修船隻而設的。雖然只是走了好幾步，但他感覺時間已過了幾十分鐘。秘道的高度越縮越小，到最後他幾乎要用爬的才可以通過。正當他想著要不要放棄時，卻見到前方有一點小小的燈光。邦哥習慣性地摸摸腰間的配槍位置，才記起隨船警官是沒有配槍這回事。他遲疑了一下，繼續朝著燈光爬過去。

燈光的盡頭是一個密封的小房間，他伸直腰，四處張望。只見一盞小燈放在一個盒子上，旁邊坐著那個小男孩。而他正倚靠著一個女人。

那女人大概三十七、八歲，身材瘦削，不過在寬鬆的上衣下仍可猜想其乳房是挺豐滿的。

她凝望著邦哥，靜靜的說：「邦，你來了。」

「你是誰？」

「我是蘇菲亞。」

第五章　孤獨佐治的瑣語

第五章　孤獨佐治的瑣語

其實每一個人都是孤獨佐治，有時候邦哥是這樣想的。

第一次知道孤獨佐治的消息，是在初戀女友的床上看電視，當時正在做《國家地理雜誌》頻道。那是很多年前的事，恍如上一輩子。女友在洗澡，邦哥百無聊賴地看著電視，那時候他還未試過抽煙。

佐治是一隻在加拉帕戈斯群島上生活的孤獨巨龜。牠孤獨，因為牠的所有同類都已經死了，天地間就只剩下牠，真正的獨一無二。

孤獨佐治之死，是一個物種滅絕的故事。

不過邦哥他心想，這隻巨龜死了固然可惜，但他洛邦死去的話，這世上同樣地也再沒有他一模一樣的人了。分別不同的是，他死去的話，沒有人會在《國家地理雜誌》

頻道報導。他的人生還不如一隻巨龜。

＊＊＊

小時候父母以賣鞋子為生，有幾間商店，生活算不錯。不過他們屬於老一派，孩子天生天養，邦哥時常跟五個哥哥在街上流連玩耍，學業於這個家庭並不重要。

回家的路上轉角處必然會經過一間書店，而邦哥一定會停下來看看櫥窗裡的書。櫥窗永遠展示著一張地圖，地圖上是幾個群島，叫加拉帕戈斯。這些島的形狀有點像海馬和幾顆小石頭，他不禁覺得有趣。每一次經過他都會去仔細研究一番。直到有一次他又再次經過書店，但地圖不見了。當日回家他失落得飯也沒吃。隔天他鼓起勇氣進書店，問他們有沒有一張關於加拉帕戈斯的地圖。店員是個大學生，兼職的。他説他們書店從沒有賣地圖，不過有一本書裡有。邦哥對著書本就打呵欠，過幾天就把這事忘了。

直到在初戀女友的床上看電視，看到孤獨佐治才記得這一段書店櫥窗前的時光。那本書的名稱是《物競天擇》。

之一

蘇菲亞遞上了一杯熱茶給邦哥的時候，他正在想著孤獨佐治的事。他低頭一看，杯子裡浸泡著一個伯爵茶包。

微弱的燈光照射下，蘇菲亞的面色很蒼白，皮膚亦顯得粗糙。整個房間幾乎沒有像樣的傢俬，只有幾個大大小小的盒子當作桌子或椅子。地上有幾張棉被，相信他們就睡在那裡。

其實她的年齡第一眼是看不出來，邦哥還是從她眼角的皺紋猜出來。她的衣著有點舊，卻很乾淨。寬鬆的白色棉上衣，<形的衣領口露出其鎖骨，長袖子都褶到手肘上。

他們沉默了一會，各自呷著茶。小男孩依然倚傍著蘇菲亞，靜靜地看著燈光。

「我最喜歡伯爵茶的。」

「我知道。」她的聲音低沈卻帶點女性獨有的嬌柔。

邦哥抓著頭，明明有很多重要問題要問，可是作為警察的他卻不知該如何問起。

「你是想問我們是否相識吧？」她稍稍微笑一下。「你最喜歡伯爵茶是因為你喜歡 Startrek 裡 Picard 隊長這個角色，在劇裡他常喝伯爵茶；另外你是一個標準的戲迷，閒時你自己一人會去看電影，這是你唯一的愛好。不過你只喜歡大製作的、陽剛味濃的電影，打打殺殺節奏明快的最好。」

「你怎麼知道？」

「你告訴我的。」可能因為口唇乾燥，她說話時有時候會用舌頭舔一下嘴唇。「你又想不起來吧？你每次都想不起來，你說你有時候會失去記憶。」

邦哥充滿疑惑，真的是因為他的記憶有問題所以對面前這個女子毫無印象嗎？他不知道。「你為甚麼在船上？」他嘗試轉換話題。

「我們是低端人口多利階級。」她撩起長髮，露出雪白幼細的脖子，她讓邦哥細看她脖子後屬於多利階級的紋身——一個大概硬幣般大小的黑色圓圈，裡面有一個英文字母D，是多利階級的英文縮寫。「我的兒子阿諾今年五歲。」她撫摸著旁邊那小男孩的頭髮。

邦哥立刻明白了。優生法於六年前通過，按法例所有多利階級都不可以生育。而小男孩今年五歲，即代表他的出生是被禁止的。他的存在就已經是違法。

「他出生以來都是見不得光的，我們一直東避西躲。在社會上，阿諾從不存在。由我懷孕開始就要好好掩蓋自己的身形改變。直到要把他生出來，就去黑市診所做手術。那裡沒有醫生，只有一些等錢用的接生婆。當然，大家都是多利階級，沒有誰會告發誰。醫生這麼高尚的職業，不會做這些骯髒的事。」

邦哥心裡想問孩子的父親在哪裡，但是又好像不方便去詢問，只好把話吞回去。

「直至去年被逮到了，市政府要送他去希望教育島。我被罰坐監六個月，還有永久失去撫養孩子的權利。可笑嗎？就只是因為他是我這低端人口的孩子，他就不能有媽媽。這種教育，比一個母親的陪伴還重要。」蘇菲亞話語變得急速，帶點激動。

正當邦哥想繼續追問時，阿諾稍稍地在蘇菲亞的耳邊說了幾句。她點了點頭，說：「好吧！去睡覺。」她低頭親吻了兒子，語調又變得溫柔。小男孩離開母親身邊，走到斜對角地下的被子上睡覺去。燈光依然微弱，現在只剩下他們二人單獨相對。誰都沒有說話，各自呷著茶沉默著。

「那你是為見兒子而到船上？」最後還是邦哥先發問。

「是，也不是。」她說。「半年後我放監了，查到阿諾的下落。當時他正被安排到船上，準備要去希望教育島。任誰都知道這島的本質是甚麼，我決不會讓兒子被帶到島上。作為一個母親，我要救他。」

「島的本質是甚麼？」

蘇菲亞只稍稍微笑一下，沒有答話。她舉起杯子又呷了一口茶，用一副「這是甚麼蠢問題」的表情看著他，然後說：「做父母的，有時候看著子女就像生命的輪迴。我潛到船上，找到兒子。可是回到岸上又要再東避西躲，而且國家已知道阿諾的存在。相比從前，就不再容易躲藏了。無處可逃，倒不如在這裡安全。那是一年前的事。」

「那麼……我們是怎樣認識？」

「你真的甚麼都想不起呢。」蘇菲亞溫柔地笑了笑，她笑的時候眼睛彎彎的，他覺得她很吸引。「也沒甚麼特別，就是你無意中找到我們而已。」

邦哥第一時間不是覺得浪漫，而是開始感到害怕。他一年前已發現他們，然而他並沒有向上司報告這件事。當然可以怪罪於自己失去記憶，但讓他更害怕的是，直到這一刻，他竟仍然沒有揭發這事的衝動。

「在想甚麼呢？」蘇菲亞把手掌輕輕的搭上他的手臂。邦哥下意識想避開，但又怕尷尬所以只好裝作沒事發生，這時反倒是她先把手收回去了。

「其實不是每一次都有見面，有時候你沒有留意我們之間的訊號，我們就不會相見。」她說。

「今晚是我們第幾次了？」

「第二十次。」

這是他們相遇的第一天。

第五章　孤獨佐治的瑣語

之二

邦哥把他們帶到自己的船艙。他把自己的床讓出來給他們兩母子，然後他睡在工作間，就只是一門之隔。他正在準備床鋪時，蘇菲亞開門走進來，然後輕輕的把門關上。她沒有敲門，就像理所當然一樣站在他的面前。彷彿這是他們一直以來的習慣。

他們四目交投，蘇菲亞仰頭吻了他。

然後，他們一起睡覺。這是邦哥一生中做過最瘋狂的事。

他跟前妻離婚以後就沒有再跟任何女人交往，當然偶然去找妓女解決生理需要對他來說是必須的，跟交往無關。對無數女人發生慾望跟愛情沒有必然關係。

蘇菲亞背對著邦哥躺著，他輕輕撫摸她脖子後屬於多利階級的紋身，問：「為甚麼他們要弄這個烙印呢？」

「當然是提醒我們自己的身份，也提醒你們。」

「提醒甚麼？」

「就是我們這些劣等人種是不可以有下一代的，跟我們性交要小心點。」她話說得平淡而直白。

邦哥不想理會這些事。他用手摸弄著她的頭髮，說：「不如說說你的故事。」

「你每次都會問的。」她噗嗤一笑。「我已經說過很多次。」

「那證明我很想知道。」

她三十八歲，自小住在國家S首都近郊的小鎮。那是一個工業小鎮，只因以前天然氣管利用此鎮作中轉站，造就了一些就業機會。她爸爸以前就是天然氣管維修工人，媽媽則是小食店老闆，負責幫維修工人送餐。她還有兩個哥哥，都是從事天然氣的相關工作。但由於太陽能和風力發電已取代大部分的天然氣，小鎮逐漸式微。他們家裡經濟開始拮据。

小鎮上有很多廢棄的大型喉管，她愛躲在那裡用粉筆畫畫，是一個完全屬於自己的小天地。她想上大學讀藝術，可惜家人負擔不起，也不想負擔。其實她也不知道自己想做甚麼，就只想離開這個小鎮越遠越好。結果十六歲那年，她搭了一架往首都的順風車，離家出走。因為她不想一生都待在這個小鎮裡結婚生子老死去。

「我手臂上的字是你寫的？」

「不是。是你自己寫的。你怕你自己會忘記，會在手臂上寫下來。每次你都會帶點甚麼給我，有時我也想拜託你幫我買。」她轉過身望著他，她的乳房就這樣坦露在邦哥面前。「你這次有帶粉筆給我嗎？」

「有。」

「太好了，那是給阿諾用的。」她微笑著說。

「為甚麼要把阿諾生下來？」邦哥終於鼓起勇氣問。

「為甚麼不？」

因為會犯法呀，邦哥心裡想。不過他沒有說出來。

「那時候忽然很想要個孩子，就這樣而已。孩子是母親生命的延續，你知不知道？為甚麼其他人可以，而我就不能做這天經地義的事？我的身體是我的，我的子宮容許我這樣做。」

離家出走之後，她做過很多不同的職業。做過侍應、辦公室助理、花店店員，而同時她自己自學畫畫。她最後在一間畫廊做接待員，畫廊老闆說只要她做他的女友，他可嘗試幫她搞個畫展。結果她真的做了他的女友好幾年，但一個畫展也沒有辦過。

「那天我發現有了孩子後告訴他，他嚇得連夜搬家改電話。」蘇菲亞挪動著身體轉個姿勢，輕輕的說。「你說好不好笑？我沒有叫他負責，可是這個國家自然會要他負責，而且是刑責。」

「那以後你們就要四處躲藏？」

「嗯。」她說。「阿諾一生都沒有活過正常的日子。」

「為甚麼不跟家人商量？」

「以前就是自己反叛所以不見面，現在是因為太愛他們所以更不會聯絡。」

之三

邦哥跟著她左穿右插的於船艙內遊走，不用看任何地圖和指示，她好像清楚知道哪裡有障礙哪裡會遇到幾多個LT-22m。他沒有作聲，靜靜地跟著，他們走到上船的方向，她說她要找物資。

船艙的門打開的剎那間，他以為自己到了一個擁有全自動系統的貨倉。地上佈滿路軌，零零星星的有幾個像人般高的灰色盒子整齊地排著隊，沿著路軌慢慢緩動。只見路軌是從另一個船艙一直延伸，經過幾個彎曲以後分叉，於船艙內分成兩條路軌倏然而止於艙邊。大部份的盒子都是往左邊路軌送去，然而蘇菲亞則走到右邊。

「這些是送上岸的嗎？」

「不是，右邊這些是掉進海裡的。」

邦哥以為她在説笑，但看到的卻是一臉嚴肅。

「前天不是跟你提過嗎？島的本質。」

他默不作聲定定地看著她的臉，輕微點了下頭。

「管轄島的人和船的人是同一類的。他們為了防止有人如我般躲進盒子裡試圖上船或潛入島上，每次電腦素描後發現盒子裡有異樣，又或是隨機抽樣把幾個盒子送到右邊的軌跡，然後丟掉到水裡淹死。有時候不知為何會有剩餘物資在右邊的盒子裡，我就是靠這些物資維生。送往左邊出口的我不敢偷，怕島上有人檢查不對數目，最終還是發現了我。」她異常冷靜地説，如述説一些再正常不過的事。

「有沒有發現過甚麼異樣的事？」

「有。我曾經打開過一個盒子，裡面藏著個男人。那男人説自己是記者，正要潛到島上，還催逼我要把蓋子合上。很沒有禮貌的一個人，聽著他的聲音就討厭。」

「後來呢？」

「後來我就幫他把盒子的蓋合上。」

「沒告訴他他的盒子正在右邊的出口邊？」

「沒有。」她格格地笑。

她敲著面前的一個盒子，咯咯聲空洞洞的回應著。她打開看，裡面甚麼都沒有。她吩咐邦哥把其他的都打開。盒子雖然是灰色，卻出乎意料地是木造，而且是最便宜容易有刺的那種木。

「你覺得如果我們相遇在一個普通正常的世界，你還會喜歡我嗎？」

「應該不會。」她還是格格地笑了幾聲。

第五章　孤獨佐治的瑣語

之四

這天中午，船隻慢慢泊岸。他們已經到了希望教育島。邦哥是不被允許上岸，而他船艙的位置亦經過精心安排。船艙位於船的右側，每次靠岸都是從左邊停泊，邦哥就算走上露台也只能看到大海，其他的甚麼也看不到。

「你對於島的一切都沒有好奇嗎？你就不想上岸看看？」她說。

「沒有。」他躺在船板上曬著太陽，把香煙含在嘴上，卻沒有點著。

她慢慢從船艙走出來，坐在他身邊。「不抽煙？」

「待會吧。答應了女兒每天只抽兩根。你有沒有想過，也許你孩子在島上的生活不如你所想像般可怕？」

她冷笑了一聲，從他嘴上拿走香煙再放到自己的嘴上。她把手伸進他的左邊褲袋，然後整個人伏在他身上再把手伸進他右邊褲袋，終於找出了打火機。她把香煙點著，深深吸了一口。「你想知道那幾十個赤裸全身的小孩最後怎麼了？」

邦哥瞪大雙眼，似乎對於她的問題嚇了一驚。他不知道應該要問「怎麼了？」還是「你怎麼知道？」

她凝視著邦哥，像要確定他的眼睛背後沒有任何隱藏。「放心，他們沒有死掉。只是上船前被注射了藥物，一直昏迷到島上為止。要不然一艘船這麼多小孩，難道政府還會好心的請來幾十個褓姆嗎？他們用盒子一個一個的放著小孩，到船上則自動被那些值勤機械人整齊地放在艙裡。就是昨天我們見到裝著物資的盒子，大一點，像個小棺材。昏迷了不用照顧，只要在身上一直注射營養液就可以了。沒穿衣服赤裸全身就更好，瀨屎瀨尿隨地即可，離船前早預設那些機械人用水喉射向他們稍作清潔。說到底，這些孩子都沒有資格生存，待遇差一點又如何？」

邦哥忽然記起，那天打開船艙的剎那，的確像有種難以言喻的氣味撲面。「你怎樣知道？」

「我在船上待了一年，差不多所有船艙都去看過。你清楚的，我需要物資。」她輕描淡寫地說。「恐怕甚麼都不知道的就只有像你這樣的人吧。」

「我承認我是比較少看報。」邦哥嘗試為自己找理由。

「你不需要知道，那是因為你屬於特權階級，事不關己當然可以視若無睹。」

「我只是一個低級警員，屬於勞動階級，前妻因此而離開我，何來特權？」

「反正於我看來你就是了。」蘇菲亞把香煙弄熄，靜靜地看著大海。

二人都沉默了，眼看大海，誰都沒有説話。

過了一會，還是蘇菲亞先開口，她展出其溫柔的微笑說：「抱歉，是我心情不好。也許被困久了，人就開始失常。」

「嗯。」

「我從監獄出來以後，發狂的去找阿諾。那時他才四歲多，還是很需要媽媽的年紀。我去找了很多政府機構，誰都沒能告訴我阿諾確實的地點。直到我從朋友的朋友找到了一個政府小官，才知道有過渡營這回事。」

「過渡營？」

「就是那些被捉的孩子，還未安排去教育島前的地方。我當然也沒資格進去看，所以我是偷偷潛入去的。守衛也不是特別森嚴，反正又沒有誰會理會這些孩子。那些孩子的父母，早就放棄了，又或是正計劃製造下一個合格的孩子。那地方是一個大貨倉，你知道我看到甚麼嗎？裡面是一個又一個細小的鐵籠，而每個鐵籠裡面就有一個孩子。」

邦哥不知該作何反應，他仔細看著蘇菲亞，她好像眼泛淚光。

「裡面有孩子大哭、有孩子在喊媽媽、有孩子把頭撞向鐵籠，也有些就只是在尖叫拍打。我永遠無法忘記這一切。貨倉裡又熱又焗，混和了幾百個小孩的排泄物和汗水，比豬籠還要髒。這是人間煉獄，而我的孩子曾經在這裡。這是刻骨銘心的痛。」

她躺下來，望向天空，說：「這樣的作風，你覺得島上會是甚麼樣的教育？」

之五

他們裸著身子躺在工作室地上的被褥，密室裡太焗，全身都流著汗。迷糊中邦哥睡著了，醒來時蘇菲亞躺在他懷裡。她熟睡中呼吸重重的，把他緊緊地摟著。他左臂差不多麻痹了，但由於不想把她弄醒，所以忍著沒有把手抽回。上一次跟女人如此親密是甚麼時候？就算跟他前妻在一起時，也沒有這樣甜蜜過。

事實上前妻留給他的，就只有對女人產生恐懼。也許那是一種他不肯面對的創傷，而他不知道。以他的社會地位，再加上其年齡，要找個女友是有點困難。當然如果他肯跟一些低端階層的女人配對的話，則尚有些機會。不過邦哥已對生活沒有了這種興致，有需要的時候就去找個妓女，用錢解決一夜慰藉，是他跟這個世界的女人之間的唯一接觸點。

他稍稍轉個身，看著熟睡中的蘇菲亞。這時他才發現，她的胸前戴著一條項鏈，是屬於他的。難怪幾天前在家照鏡子時就覺得脖子怪怪的，原來是沒有了常配的項鏈。相信是他跟她某一次的相遇而送她的吧。

這算不算在戀愛？

之六

就只剩下一天，他開始感到無比的壓力。

應該帶他們離開嗎？但他害怕，害怕承擔責任。如果他提出這個建議，她應該會答應，而且會用其溫柔報答。不過這一刻，他不敢。做正確的事不可怕，但明知道有嚴重後果仍然做正確的事，這才是可怕。所有包庇低端人口者屬違法，其實他這幾天在船上所做的一切已是明知故犯。以往他們相遇的十九次，他也是如此掙扎的嗎？

他到底要不要做這個英雄？邦哥猶疑不決，因為他根本就只是一個平凡人。如果他是一個果敢決斷的人，就不會這樣多年還是一個低級警員。他來來回回去船板抽煙，試著在浮浮沉沉的海浪中尋找答案。當然，他也想逃避跟蘇菲亞待在同一個空間。他甚至會覺得她肯跟他如此親近，就是為此目的。她想利用他逃離這裡。試問自己已經五十六歲，又不是特別有魅力，何解她會自動獻身？但每當他這樣想時，就只覺自己太卑鄙小人。

他不斷回想在床上的蘇菲亞——她豐滿的乳房、她嬌紅的雙頰，還有她微微的呻吟。這幾天他好像接觸了一種像愛情的東西，屬於五十六歲的愛情。但誰又可以確定這不是因為如此奇特的相遇而產生不切實際的情感？

二人都比早幾天沉默，只是偶然小男孩會發問些有的沒的。沒有人觸碰「從今以後」這個話題，各人都繼續努力活得像世上最普通的一天那樣。

「下一次可不可以帶茶包給我？伯爵茶已用完了。不過我這裡就只有伯爵茶。」

之七

下船以後邦哥不想回家，自個兒到酒吧小酌幾杯。他不是想買醉，況且早就過了要買醉的年紀。船上的這幾天很不真實，像浦島太郎的故事，到了海底另一個世界，折返人間卻已是千年。

回到家裡已是凌晨兩時，希兒早就睡了。邦哥躡手躡腳脱下鞋子，立刻回到房間趴倒在床上。已經好幾年習慣一個人睡覺的他，今晚特別想摟著另一個人入睡，不管是誰都可以。一個人的孤獨，就像是生物學上的自我篩選一樣，汰弱留強。反正明天，他可能不會再記起任何關於這七天的事情，是吧？沉睡前，他想了一下蘇菲亞雪白又修長的脖子。

第五章　孤獨佐治的瑣語

第六章　建築的外貌很像陽具

第六章　建築的外貌很像陽具

桌子前面坐著一個男人，穿著筆挺的黑色西裝深藍色領帶，木無表情。以現在的天氣來說，穿著整套西裝是有點熱。不過這男人卻非常整齊，年齡大概四十五至五十歲左右。從他氣定神閒的氣質，邦哥覺得他應該是警局裡來頭不小的人物。男人從一坐下來就沒有說話，蹺起腿，雙手抱於胸前，一直望著牆上掛著的一個電子鐘，偶爾會直視著邦哥。儘管邦哥知道這是最基本的盤問技巧，但他仍耐不住這種靜默，完全不知所措。桌上放了兩杯咖啡，沒有人碰過。

「請問……一早找我到來所為何事？」邦哥試著詢問。一大早希兒的尖叫把他從沉睡中驚醒。他發現他家門口來了一個新型號的LT-22m，身上的熒幕顯示器表示警局要邀請他回總部協助調查。

邦哥也不是完全清醒，滿身酒氣，迷糊中到洗手間沖一下臉，換了出外的衣服。腦子是完全轉不過來，不過仍然跟總部派來的機械人離開。這機械人身高大概一點五米，看上去其設計比船上的新穎，應該是較新的型號。船上的還勉強可以説是機械人，但這個形容為一隻有四肢的機械獸比較恰當。如描述是人的話，大概會想像有頭有身有手有腳。然而這機械是完全沒有頭的，只有軀幹和四肢，而且上肢比較長，比例就如猩猩。上肢的前臂沒有像人類的手掌，卻有兩隻修長的尖指。腳掌像彎刀，用其彈跳力走動。動作靈活而且安靜，再也不會聽到船上「咻、咻、咻」的聲音。邦哥記得早前電視上有訪問過其設計團隊，他們認為這新設計可以給人嚴肅的感覺，會認同和信任LT-22m可以處理不同事情。當時希兒跟他一起看電視，十四歲的她説：「其實我覺得這些值勤機械人很嚇人，我見到會怕。」也許這就是設計者的目的，他想。

如果他不跟隨機械人回總部又如何呢？他不敢。誰知道機械人裡有沒有內置手槍？沒有人提及過，也沒有任何報導。不過既然是警局派出的LT-22m，擁有武器不足為奇。

他走在前，LT-22m緊隨其後。從他家到總部，只需步行二十分鐘。期間他打了很多個呵欠，不時回望在他背後的機械人，總覺它隨時會用它的尖指刺向他背後。即使是陽光明媚的清晨，也讓人毛骨悚然。街上偶有行人經過，亦只斜睨著他們，眼光也不敢多停留。經過斑馬線，行人交通燈早已轉綠，對面大廈外牆上的大熒幕仍在大聲廣播著「…………完全適合對未來有夢想的你，讓我們一起打造新世紀的傳奇…………」。邦哥聽著就頭痛。

直到他完全清醒時，他已被帶到坐在這房間跟男人對望。房間不是一般的盤問室，而是擁有落地玻璃，樓高二十八層，可遠眺整個城市的高級辦公室。居高臨下，彷彿一切都在掌控之中。早上的陽光份外刺眼，直射入房間內。

這裡應該是向東吧？真的不錯，邦哥心想，他也想在這裡工作。

邦哥屬於地方警員，很少有機會到警察總部。他記得當年他初為警員時，總部是設於市中心的二線地區。不過早幾年市中心的治安變差，政府認為有必要整頓，於是特意把總部搬遷到市中心的市中心，加強其重要性。新的警察總部是一幢摩天大廈，全市最高。無論你在市中心哪個地方，只要抬頭就看得到。大廈頂部是圓拱形，邦哥一直覺得其建築的外貌很像陽具，永遠呈現著興奮狀態。這建築師一定是個男人，而且是個輕浮的傢伙，他想。大堂裡沒有接待處沒有守衛，相信隱藏於牆身內的監視功夫已做足，因此大門常開。

總而言之，由早上被新型號的LT-22m領著走，到達警察總部，然後坐在這擁有落地玻璃的房間，就像是九流科幻電影的預告片，只是全片都沒有任何聲音，是一齣默劇。

「邦哥……唔……我稱呼你做邦哥可以嗎？」男人說話很慢聲線很低沉，就像深夜電台播放愛情音樂的DJ一樣。這樣的聲線跟這樣的環境，好像不太協調。

「可以，當然可以。」邦哥被突如其來的溫柔反而不知該作何反應。

「你知道找你來的目的嗎？」

「不知道。」邦哥其實擔心是不是跟他在船上依稀見到赤裸小孩有關。

「你最近有沒有跟胡高聯絡？」

「胡高？」邦哥的腦子一時間有點轉不過來。「你說小胡嗎？警局科技部的技術人員主管那個？」

「對。」

「我上一次下船後見過他一次，之後就沒有見過了。」縱使邦哥在心中想過千百遍這次盤問的目的，他絕想不到是因為小胡。

「所謂何事？」

「我的『印象』有些問題，想找他幫忙。」

「結果解決了沒有？」

邦哥想了想，說：「可以說，他給了我一些建議。」為了慎重起見，他不願透露更多。

「你跟他很熟絡？」

「他是我的世侄，從小看大。我跟他老爸是舊同事。」

「如果他失蹤了，你認為他會到哪裡去？」男人盯著邦哥，像要吃掉他的靈魂。

「小胡失蹤了？」

男人直視著他，冷冷的視線期待著他的答案。

「我不知道。」老實說，邦哥真的不知道。

男人依然一臉嚴肅的看著邦哥，毫無表情亦沒有作聲。

「他雖然是我的世侄，但要知道年輕人都不太愛跟上年紀的打交道。」邦哥說完了自己乾笑了兩聲，希望那男人不要以為他是用借口推搪。

「以你對胡高的認識，他是一個怎樣的人？我指私生活方面。」

「他絕對是一個誠實可靠的年輕人，去年剛剛成家立室，他老婆又最近生下孩子。」

男人歪著頭，指尖輕輕敲著嘴唇上，不知是在思考，還是在研究邦哥。

「我們轉一個話題吧。你剛才說自己的『印象』有問題，是不是時常失去記憶呢？」

「是的。」邦哥看著男人堅定的眼神，相信他是翻查了自己的值勤記錄，他不能否認。

「你認為是甚麼原因導致呢？」

「應該是我的『印象』版本太舊，所以有時候會失靈。」

「這個想法是你自己認為？還是有人告訴你？」

「嗯……是小胡告訴我的。」邦哥說。「不過他是科技部主管，應該可信吧。」

「老實說，我們看過你在船上這一年的值勤資料。有二十次的紀錄是完全空白，你的解釋是『印象』失靈嗎？」

男人蹺起腿，背靠著椅背，喉嚨深處依然發出磁性的聲音。

「其實我對科技一無所知。」

「那麼除了失去值勤的記憶，平常下班的日子又有沒有發生同類事件呢？」

一言驚醒，邦哥發現的確沒有發生這樣的事。

「沒有吧，理由很簡單，因為你平常的日子這種記憶根本不值錢。我對你非常坦白，我們選擇相信你，所以也希望你能對我們坦白，好嗎？」

這男人在說甚麼，邦哥一點也不明白。

「關於胡高，初步證據顯示他利用自己的權力和警方的資源，非法售賣記憶體和記憶資料給第三方。你一定好奇誰人會買這些記憶及記憶體吧？就是那些社會上的寄生蟲多利族。」

男人拿起桌上的咖啡杯，遲疑了一下又放下。

「這些記憶體和記憶在黑市是很搶手的。因為只要擁有了某些階級的記憶，對於他們自己要脱離多利族是非常重要。例如如果你現在可以擁有世上最有錢的人的某些記憶，你自然可以知道哪種思維可以成為世界首富。即使到頭來只學得皮毛，也夠你受用一世。而且國家鼓勵我們向上流，有了優生人的記憶要去考試絕對不難。從紀錄顯示，胡高非法下載多名警員的記憶資料，亦有勸喻警員更新記憶體，從而售賣舊的去黑市市場。這就是現時我們手上掌握到的資料。」

讓邦哥吃驚的是，那個怕醜的小胡真的會做這樣的事嗎？他閉上眼睛想了想，説：「我是真的甚麼都不知道。」

「我當然希望可以選擇相信，但你亦要有足夠的理由讓我信任你。最近我們知道你打算問銀行借貸但失敗了，是吧？很缺錢嗎？」

「不是……是……不是……」邦哥著急地説。「我的確想問銀行借錢買房子，但我決不會用不法手段者去賺錢的。這是兩回事。」

「在我們翻查胡高的資料文件中，你的名字一直出現於他的筆記本。他甚至於電腦上用你的名字開了一個新檔案，入面全是你的記憶資料和部份記憶的片段。他似乎對你特別有興趣。」

「也許是因為我是他的世叔伯吧？」這個解釋就連邦哥自己也不相信。

「我們發現胡高私生活上沒有甚麼朋友，跟同事也不是特別相處得來。警局的紀錄中，你在這一年間去他的警局探訪過三次。而私事方面，你是唯一有出席他的婚禮的同事。他跟你算是比較親近的關係。」

「我跟你解釋過了，我跟小胡的父親是舊同事好兄弟嘛。」

男子彷彿沒有聽他的話，繼續說：「無論如何，如果你忽然想起有甚麼線索，儘管告訴我們。這樣也是為你好，我可跟警方高層說幾句，你就可以繼續住宿舍，不用急著借貸買房子了。你要好好考慮。」

這時一位同樣穿著筆挺黑色西裝的矮個子男人敲門走進房間裡，在那男人耳邊細聲說了幾句。男人點了點頭，也沒望過邦哥一眼兩人就出去了。門在他身後喀嚓一聲關上，整個房間忽然又變得安靜。

不過對於邦哥，這種安靜卻加深他的不安。小胡有老婆兒子的，怎會無緣無故失蹤？他失去的記憶真的是小胡刪去然後到黑市市場售賣？他不敢再想，卻又不得不想。

邦哥很想抽煙，可是這裡是室內，這種低劣的行為當然被禁止。他百無聊賴，嘗試喝桌上的咖啡。這咖啡是即沖的那種，而且早已涼了，很難喝。

大約二十分鐘後，男人打開門走進來。他沒有說「不好意思」之類的話，而是默默地坐到邦哥前面，再次蹺腿，直視著他。看了一會兒，他用他依然充滿磁性的聲音說：「胡高的事，我們暫且放下，你回去好好想想。你當『希望教育島二號』隨船警官一職，還習慣嗎？」

「習慣……習慣……」話題的轉變，讓邦哥感到錯愕。

「說說你在船上的事情，聊甚麼都可以。」

「船上的事情…………」

邦哥腦海裡忽然閃過一幕跟一女子做愛的情景。他認得地點是他的船艙裡，他躺在地上，那女子赤裸上身騎在他身上，胸前掛著屬於他的頸項。

他突然出了一身熱汗。他好像認得這個女子，又好像認不得。會不會是昨晚發了一個綺夢？由今天起床到現在都為各種事情分神，他一直沒有察覺到這記憶的存在。當然，還有那幾十個赤裸小孩躺臥在船艙裡的影像閃過。

他盡量面無表情，裝作沒事發生一樣。因為只要顯示出驚慌，他就萬劫不復。他想扮作輕鬆，交抱著手臂。但又覺得這樣的動作很不自然，於是把雙手垂下。

他支吾以對。他覺得男人把他由頭到腳盯著看，看了好一會兒。

「要記著，發現甚麼問題可以放心告訴我。你生活上遇到的困難我保證可以有方法解決。」

＊＊＊

邦哥去過科技部，小胡的確沒有上班。他的同事只知道他請假，沒有甚麼特別事情交代。他選擇相信他的直覺，小胡的同事的確一無所知。當然，他亦知道男人口中所提及的「初步證據」，其實已經是事實。

邦哥在警局門口旁的小巷抽了差不多半包煙，卻依然不想離開。到底這次跟男人會面的目的是甚麼，他已經搞不清楚。不要説目的，就連這個男人是誰他也無從得知。這男人沒有要求邦哥稱他為警官，卻能在警察總部盤問警察，更能讓他不用搬離政府宿舍，應該是大有來頭的人物。他覺得自己在他有意無意的質問下回答得很差勁，就像個新學警剛從學堂畢業一樣。

他從新又再點了一支煙，禁不住深深嘆了一口氣。他想整理頭緒，卻無從入手。

男人對他的調查，是真的因為小胡失蹤，還是因為他自己失去的部份記憶？邦哥知道船上有個女人，因為他記起他們在船艙做愛的情景。而小胡就是唯一一個知道他失去值勤時的記憶的人，然後他失蹤了。會不會是因為他失蹤了，邦哥才隱約記得船上的片段？如果是這樣推敲的話，則男人應該認為他有份跟小胡合作。水洗難清，是他想起的四個字。

他手拿著香煙，呆呆的望著街上的行人。又或者一切只是他自視過高也說不定，他內心有鬼，就以為所有人都來捉鬼。他只是一個低級警員，沒有人會對他有興趣。更不用說黑市裡想要買他記憶的人，實在難以想像。

不過男人說他有辦法讓他繼續在宿舍住下去，這一點引起了邦哥的興趣。如果真的是小胡自己行差踏錯，也不算出賣自己好兄弟的兒子吧，他心想。下了決定以後心情反而輕鬆起來。也許最後的方法就只有去小胡的家找他。他弄熄香煙，立刻往宿舍的方向走。

小胡跟他一樣住在同一幢政府宿舍，不過小胡是六樓，而邦哥是二樓。職位越高，住的樓層就越高。他猶疑著要不要到他家拍門，卻又覺得有點不合適。畢竟在平常的日子他們沒有甚麼來往，而且他自己才被盤問，立刻去找有關人士則顯得自己有點不老實。正在宿舍大堂躊躇之際，他見到一個矮小的女人拿著幾袋超級市場的膠袋經過，他認得她是小胡的家傭。

「你好，請問你是小胡的幫傭嗎？」邦哥上前打招呼，那女人卻感到錯愕。即使像小胡這種階級的警官，還是負擔不起一部在家工作的LT-22m。因為在市場上，低級人類比一部高科技機器還要不值錢。

那女人大概五十歲左右，束起一頭半黑半灰的頭髮，皮膚完全沒有光澤，有一對突出的大眼睛。她不好意思的低著頭，完全不敢直視邦哥，過了一會才點點頭，嗯了一聲。

「小胡在家嗎？」邦哥急著問。

那女人依然低著頭，沒有回話。邦哥忽然見到她頸背屬於多利族的紋身，應該是因為她是低端人士而不敢回話。自從優生法實施以後，大部份多利族群對著其他階級都會恭恭敬敬、或矮化自己、或笑臉迎上，就連他們也開始深信自己是劣生學的根源。當然，那些優生人亦有好好代入自己的角色，對著比自己階級低下的人，態度惡劣。

「我現在是以警察的身份來問話，就站在大堂的閉路電視下交談，這樣總可以了吧？」邦哥大膽地詢問。某程度上，他覺得自己是個紳士。

那女人輕輕點了點頭。她的雙手不停在磨著衣邊，顯得有點緊張。

「你叫甚麼名字？來這裡幹甚麼？」

「我叫娜妹。」她聲音沙啞，像隔了一重沙。「我以前是胡警官的幫傭，今天來收拾細軟離開。」

「離開？」

「先生跟太太分開了，不用我來打掃，就吩咐我離開。」

「分開了？」

「嗯。」

「那太太自己住這裡嗎？」

「不是，太太已回去娘家。家裡沒人。」娜妹話不多，問一句就答一句。她嘴邊的虎紋很深，即使臉上沒有表情也顯而易見，像被刐刀刻上去一樣。

「你還有他們家的鎖匙嗎？我想上去看看。」

她躊躇了一會，最後還是願意跟著邦哥的説話做。

小胡家的房子比邦哥想像中大，屬於兩房兩廳單位，有客廳和飯廳，而且是靠邊，有ㄏ形的窗台。相比自己的一房一廳單位，而希兒又要長期睡客廳，小胡的家已是一個美夢。原本邦哥還以為單位內應該已空無一物，然而大部份傢俬仍在，只見很多小物件散落在地，櫃內的東西大部份都搬走了。

邦哥支開了娜妹，自己一人在沙發上坐下來。現在是下午五時，陽光從那ㄏ形的窗台射進來，屋內沒有開窗，像有一種熱氣在屋內循環。原來這個單位是西斜的，日落時份特別侷促，他終於發現自己的家比這兒較優勝的地方。這裡的空氣有種舊皮鞋的氣味，也許因為好幾天沒人入住和打掃的關係。他走到窗台把所有窗戶打開，即使在六樓樓下的汽車聲聲響還是擾人，從這裡可以看到那高樓大廈外牆的廣告熒幕。他翻開好幾個抽屜，裡面空空如也，只有些零星小物件。邦哥走進廚房，雪櫃裡竟然還有幾罐啤酒。雪櫃已經斷電，不過啤酒還有點冰涼。他拿著兩罐啤酒再坐回沙發，隨意的把腳伸在茶几上。他呆呆地望著窗外，跟自己家有點不同，卻又有熟悉的聲音和氣味。今天發生的事真多，他想。

他一口氣把一罐啤酒喝光，撥了一個電話。

「你好，我是邦叔。」對方是小胡的妻子，邦哥剛才跟娜妹要了個電話。「我想問關於小胡的事。」

對方只是「嗯」了一聲，也許正在回憶這個「邦叔」是誰。

「你知道小胡在哪嗎？」

「不知道。」

「他真的失蹤了？」

「是的。」

「甚麼時候的事？」

「兩星期前。」

「知道原因嗎？」

「不知道，也許是因為孩子。」她說。

「孩子怎麼了？」邦哥好像聽到電話的另一端有微微的低泣聲，他忽然想起那天宿舍有人把嬰兒拋下。不會吧？他打了個冷顫。

沉默。

「其實我不知道原因。也許得罪了甚麼人吧，這些日子他一直說想要查找證據。但他只不過是一個科技員工，不是真正的警察呀？為甚麼忽然就有這樣多的正義感？他到底有沒有為我著想過？當初選擇嫁他，就是為了他的那份安穩，現在安穩沒有了，就不要怪我的離開。」她說得平淡但又激動，相信她自己覺得受了很多委屈。

「請問知道是關於甚麼證據嗎？」

「不知道，我們很少說話。請你不要再問。」

「好的，謝謝，打擾了。」

電話掛上後，邦哥彷彿可以聽到小胡的妻子如釋重負的一口嘆氣。其實在打通這電話前他已預料不會有甚麼得著，畢竟如果從她口中有重要線索，警方就不用在自己身上打探。他只不過想不到再可以做些甚麼，打電話給小胡妻子是最直接了當的事。畢竟他常覺得自己缺少偵探頭腦，查案的確不是他的強項。剛才提及小胡孩子的事，他也不想再去多想，事實上自己亦無能為力。

太陽已經下山，屋內只剩下日落時灰暗的氛圍。就這樣，一天過去了。邦哥沒有起來開燈，他就一直坐在沙發上甚麼也不做。他點了一支香煙，卻沒有吸進去。閉目養神，甚麼也不想。除此之外，邦哥實在沒有任何線索可跟進了。原本想著把小胡交出來給上級，也許就真的不用搬離宿舍。雖然對自己已逝去的老友感到抱歉，但著實也是他兒子做了犯法的事在先，他只是來個順水推舟。

手指間的香煙差不多燃點到盡頭，煙灰灑在地上，也有在沙發上。邦哥用手撥弄一下，正想把香煙弄熄於茶几上的煙灰缸時，卻忽然留意到茶几腳下有一盒小小的火柴盒頂著。他把火柴盒拾起來，黑色的平平無奇。拿近來看，盒上用灰色羅馬字體印著「C. Lab」。

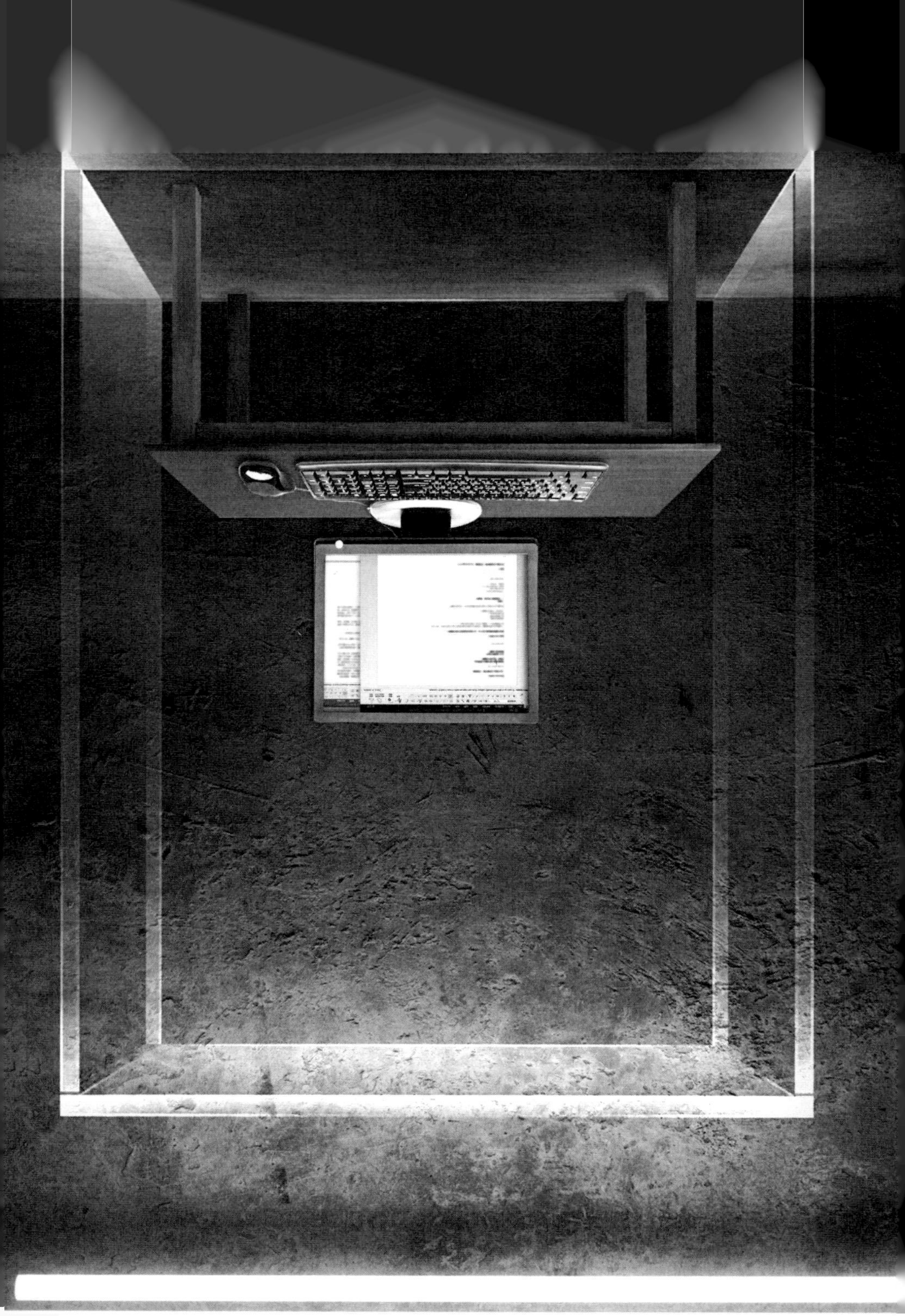

第七章 C.Lab的身影

第七章　C.Lab的身影

他猶疑著應不應該在這個時候到聖德蘭廣場後街。

入夜後的後街跟早前到訪的時候完全是兩回事，是真真正正的三不管地帶。警方就只會派幾部LT-22m到後街外圍巡邏，卻不敢踏入一步。曾經試過讓LT-22m進入後街範圍，翌日早上其四肢已被拆骨，身首異處。

其實邦哥並不知道C.Lab的所在地。他坐在聖德蘭廣場的教堂石階前，研究著從小胡家拿來的火柴盒。其實也沒甚麼好研究，火柴盒上根本沒有地址。他用手機於網絡搜尋「C.Lab」這關鍵字，但結果只顯示著位於法國的一個電台，或是台灣的一間當代藝術畫廊。他依坐在石階上，看著空曠無人的廣場，想起已分手的前妻。這裡曾是他們年青時無數個約會的晚上邦哥等候她的位置。其實他們之間可能從沒有愛，他

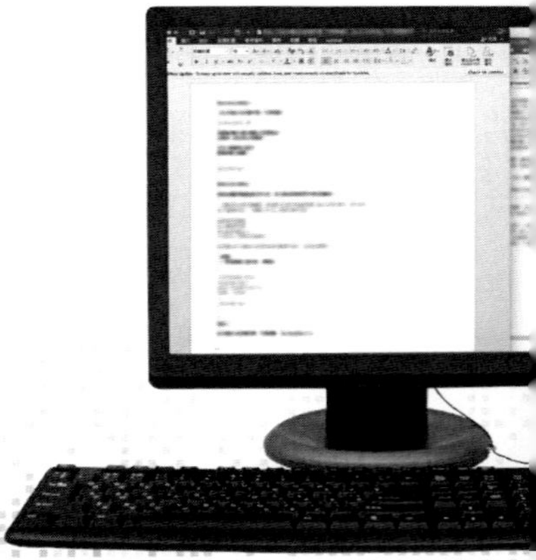

不清楚。情情愛愛這些事情，他覺得自己是粗人所以從來不去搞懂。也許只是當時剛好覺得要找個女人而她剛好出現而已，一切都是剛好合時。換轉是另一個女人，結果可能一樣。聽希兒說前妻最近找到新男友，會計師樓大老闆，屬優生一族。好像他也跟自己妻子離婚想找個門當戶對的，然後像玩遊戲機一樣把人生不斷晉級。當然前妻跟自己離婚，就是要找一個比他像樣的男人，比他優秀而且更有社會地位。不過邦哥真正關心的，是她跟新男友的性生活。畢竟那大老闆已屬花甲之年，而他比任何人都更清楚知道她對性的渴求。

「我告訴你，如果有一天你的小弟不行的話，我是絕對會跟你離婚的。」在過去二十年的婚姻，她常常這樣說。

「你不會這樣殘忍吧。」

「我會，你才不要以為我會心軟。好好鍛煉自己的身體。」

「體能跟那回事是沒有必然關係的。」

「你好自為之。」她說這話時，嘴角滿是輕佻。「你以為我不敢？」

當時他是不以為意，認為這些對話是夫妻之間的情趣。但現在想起來，就覺得她是一個敢作敢為説一不二的人。她就是這樣的一個女人，邦哥對於她，也許是屬於整個人生都是無能而且不可勃起的類別，所以她要離婚。無論如何，他與她所做過的一切，就只有回憶和三個孩子。其中有兩個要脫離他，現只剩下希兒帶著他們一路走過的痕跡。

他搖搖頭，想抽煙時才發現煙盒遺忘在小胡家的茶几上。他站起來伸了伸腰，把手機放回褲的後袋，嘆一口氣，然後繞過教堂開始進入後街地區。這裡的夜晚熱鬧非常，像一個垂死的老人家一夜間得到了回春術。街上所有店舖都開了門做生意，每一間門前都站滿了各類形形色色找客人的性工作者，有女人有男人也有變性人。他們見到邦哥如螞蟻見到蜜糖，捉著不放手。邦哥沒有理會，一直低頭走過，直到早前遇見那個中年妓女的地方。

那中年妓女站在同一道門前，懶洋洋的抽著煙倚在牆角。她瞅見邦哥，裂開嘴微笑著，像久別重逢的好友一樣親切地迎上來。

「我就知道你會來找我，想念本小姐啦？」她一隻手放在邦哥的肩膀上，胸口貼著他的手臂。邦哥近看她，年月對她非常無情。她的底妝完全蓋不過臉上的皺紋。濃濃的便宜香水，像平民餐廳洗手間裡的香薰味。

「你是不是知道C.Lab在哪？」邦哥把肩膀輕輕縮回，女人亦放下手。

「原來是要找C.Lab，我當然知道。」她的語調表示失望，但面上的表情卻沒有配合，依然嬉皮笑臉。

「帶我去。」

「我不做義工的啊。」

邦哥從褲後袋拿出銀包，裡面找出幾張大銀碼的鈔票給女人。女人看了眉開眼笑，把錢接過來數了數，很滿意地放進銀色珠片吊帶裙的胸圍內。她的乳房很大卻八字下垂，感覺是隨時會從吊帶裙內掉出來一樣。她轉身跟其他站在門邊的女人說了聲「我走了」，就示意邦哥跟著她。女人穿著紅色高跟鞋走在前，邦哥緊跟在後，二人都沒有再說話。左穿右插於舊街上，要認路的確是有點困難。她把他帶到一幢舊大廈的綠色大鐵門前，轉頭跟他說：「到了。」邦哥抬頭四看，這只是一幢很普通的大廈，在後街這區域裡這樣子的大廈多得很。大門沒有門牌，也沒有門鐘，完全拒人於千里之外。

「要敲門嗎？」他問。

「不用，他們已經在看著我們了。」女人用眼神示意門的左上方，那裡有一個很細小的小孔，相信是閉路電視。「我們甚麼都不用做，站著就可以了。不過忘了告訴你，如果他們不喜歡你，門就不會打開。但你付我的錢，我是不會退的。因為你可否投其所好，不關我事。」她說得理所當然，就連邦哥也認為應當如此。

彼此都沒有多餘的說話。過了不知多久，鐵門自動開了鎖。

「你真幸運！」女人推開門，裡面的燈自動亮起來，前方是一條樓梯。「這裡沒有升降機的，你體力還好？」

「當然可以。」

「要走十層啊！」說罷已走上樓梯，高跟鞋咯咯的在舊木地板上響著。

後街這個地方如時光倒流。這個年代，整個國家的人們都在討論自家的值勤機械人哪個型號較好，又或是「印象」裝置如何操作，又或是去哪間醫院創造優生基因嬰兒。只有在這個如進入了結界一般的後街，要付錢給妓女帶路去找一個地方，還要連走十層樓梯才到。

才走了四層，邦哥已有點氣喘。他雖然是警察，不過快退休了，上司從沒有要求他要鍛煉身體，對他幾乎是半放棄的狀態。女人一直走在他前面，她穿的裙極短，差不多半個臀部已外露，裙帶的珠片不斷搖晃，讓邦哥有點暈頭。雖然邦哥偶爾會招妓，不過現在實在不是這個心情。他是真的搞不懂，到底為甚麼自己會半夜三更在這裡爬樓梯。小胡的事他只要堅持事不關己就可以了，查案從來不是他的強項。更何況他對自己記憶也不清不楚，著實應該少理為妙。不過事情發展到這個地步，已很難退縮。

「到了！」女人說。

邦哥大汗淋漓，嘗試控制著自己的呼吸點了點頭，在他的面前是另一度綠色的鐵門，跟剛才地下那一道一模一樣。

這次他們才剛剛站在門外，門鎖就已自動打開。還未進去前，邦哥一直幻想C.Lab是一間高科技的實驗室，其裝潢應該像科幻電影裡的模樣，牆壁天花地板都是白色的而且走極簡主義的風格。然而大門打開以後，所看到的卻令他非常失望。門內是一條很普通的走廊，像一間三流的出入口公司。格仔天花配以白色光管，非常普通而且沒有個性，就是那種你完全猜不到這公司是做甚麼生意的，沉悶又無聊。在離走廊不遠處有一個戴著鴨咀帽的年青男子，坐在貌似接待處的地方。他正低頭用手提電話玩遊戲，聲音很大。邦哥瞅到他後頸有一個很漂亮的蜘蛛紋身，掩蓋了屬於低端人口的烙印。男子看到女人點頭示意，二人應該早已認識。

「就是這傢伙？」

「對，就是他，我的熟客。」

男子上下打量邦哥，說：「啊，有裝置的！怎樣？要買還是要賣？」

邦哥下意識摸摸自己脖子後的「印象」裝置，慌忙說：「不賣的……」

「那就要買囉？」

「對……」

「裝置還是記憶？」

「甚麼？」

「要換全新裝置還是要植入新記憶？」

「新……新記憶。」

「你去左邊第三間房間等一回吧。」男子從櫃底拿起信封，遞給了女人說：「上次的介紹費。」

女人高興地接過信封轉身準備離開，對邦哥只拋下一句：「再見，祝你好運。」

邦哥定了定神，根據男子的指示過去房間等候。房間裡只有一個小窗，窗口都用木板粗糙地封著。一張書枱、一張椅子、一張啡色的雙人沙發，並沒有多餘的東西。書枱上有一部電腦，還有邦哥認得一些機器用作轉移記憶用的，因為他在小胡的辦公室曾經見過。他才剛在沙發上坐下來，男子便拿著一本小冊子進內。

「這是menu，你可隨意選項。你只選一款還是任選？」他見邦哥樣子還是懵懂的，補上了一句：「價錢都寫在這裡，要先付。」

邦哥接過目錄，紅色的A4塑膠文件套，大概有半根手指般厚，兒戲得就像上世紀九十年代去卡拉OK點歌的目錄本一樣。他看向男子指著的價錢表，「任選」貴得嚇人，邦哥付不起。只選一項的話，大概是他半個月的人工。到這個地步，他就只可以硬著頭皮繼續演下去。

「我只選一項。」

「你懂得用這機器？」

「不懂。」

「那我要幫你，快選。」男子站在他旁邊顯得不耐煩。

邦哥根本沒有頭緒要選甚麼，由早上開始他就已是身不由己。他翻閱著目錄本，第一頁是一個主目錄，主要用職業來分類，包括：教師、醫生、建築師、律師、工程師等等，全都是專業人士。

「沒有警察嗎？」

「警察？有，這裡。」男子翻著目錄本到中間某一頁給邦哥。

邦哥看過那一頁，說：「就只有高級警員？」

「大叔，拜托，誰會對低級警員有興趣？」

即是說他的記憶沒有被賣到這裡？

由進入這裡開始邦哥就覺得有些特別，卻又說不出所以然。男子對他的冷嘲熱諷，忽然讓他意識到這些年來，還是第一次有「人」去接待他。

邦哥繼續看主目錄，發現最後一項寫著：Q

「這是甚麼？」

「這個好東西，比較貴。」

「關於甚麼？」

「就是讓你可以成為優生人的快徑。」

「多少錢？」

「你剛才價錢的三倍。」

「好。」邦哥衝動地說了出口。但他隱約覺得，謎底很可能就在那裡。

「我們只收現金或虛擬貨幣。」

這個年代，任誰都有幾個虛擬貨幣。邦哥付了錢，男子走去電腦前，示意他坐在桌旁。他把電線連接到邦哥脖子後的「印象」，用電腦寫著程式。

「你的裝置雖然是原裝，但很舊。」

「我知道，有人告訴過我。」

「會考慮更換嗎？」

「暫時不會。」邦哥說。「你們這裡的記憶從哪裡來的？」才剛說出口，他就已經後悔。男子警惕地看了他一眼，淡然地説：「我不知道，我只是做櫃台的。」

然後是一片沉默。男子沒有再説甚麼，繼續專注於電腦上。他的手指很修長，按在電腦鍵盤上輕飄飄的，像一個鋼琴家。最後他的食指大力地在鍵盤上按了一下，像畫了一個句號。

「你是第一次買記憶？」

「是的。」

「提醒你，植入記憶後可能會有點不適，但不會太嚴重。有些人會感到暈眩或想嘔吐而已。若你想停下來按這鍵便可，而這個是基本回帶或快速前進的功能。」

「知道。」

「程序已經啟動了，等幾分鐘就會開始。」男子説完了就走。

房間內忽然靜下來，邦哥有點緊張，畢竟他今天從沒有預計事情會向這個方向發展。他不知道應該如何等待這幾分鐘。他嘗試換一個坐姿，又或是雙手放在桌子上，但無論如何都好像不太自然。

過了一會，他耳後微微感到一股微弱的電流，像很多迷你螞蟻由頸項直上天靈蓋，不過全都輕輕地踏著小舞步。然後開始接收到影像，奇妙地這些影像不是在眼前出現，而是慢慢地從腦內浮出，像閉上雙眼想起往事一樣自然：

面前是一部電腦，電腦上開設了word程式，見到一對手在鍵盤上打字。手袖是鴨屎綠絲絨質地的西裝蓋著白色藍格子恤衫。電腦熒幕出現了一字一句：

我的家族一直相信只有優生學才能拯救世界，以解決人口膨脹的問題。通過人為的手段來改進人類遺傳基因質素和控制特定人口生育計劃，乃是所有學者當務之急應共同解決和實行的事。

高祖（曾祖父的父親）是著名英國優生學之父法蘭西斯．高爾頓爵士的學生，當年有份幫手撰寫1867年出版《遺傳的天才》一書。高爾頓先生的表哥亦是無人不識的達爾文，曾祖父小時候就時常在這些學者的家遛達，自小與提倡此學派的人有緊密的關係。

直到二次大戰後，社會上出現了重大的變化——因為希特拉和墨索里尼主張的優生主義引起大規模的種族滅絕，所有人都把矛頭直指向優生學，認為優生學是卑鄙無恥的手段。於本世紀初，英國更把所有以高爾頓爵士的提名除下來。幼稚的人們不明白，他們大多數根本連一本關於優生學的書也沒有看過，就嚷著要消滅這種主義。自由主義永遠是陳腔濫調。但他們能解決世界資源緊拙的問題嗎？不，問題在他們面前，就因為解決不了，他們選擇去解決反抗力較低的學者。我的高祖、我的曾祖父和祖父，他們全是研究優生學出色的學者，亦都是鬱鬱寡歡而死的。

至於我父親，在經歷三代人的失敗，他決定放棄學術研究，而從另一個角度去推崇優生學。他創立了一間科技公司C.A.T.去研究人類基因。大概在我出生時，公司的基因技術得到突破性的進展，人類可以自行配對基因，可以自由選擇自己後代的優點。當然很多滿口道德人士評擊父親的研究，認為有違自然，而且公然挑戰上帝的權威。當時父親公司總部設於歐洲，而歐洲是最不能接受「人類被選擇」這機制的地方。他們奉行一套「普度眾生」的哲學讓精英去養活一班低劣人，而每個國家亦因而被拖累而停滯不前。因此父親果敢地把整間研究所搬到國家S，因為這裡不著重虛偽的道德，一切只為求能在國際社會上爭一席位。

邦哥按下了「暫停」的按鈕。這是一個人的記憶，而記憶中又有回憶，一切都是從那個人的視覺出發。與其說是別人的經歷，倒不如說像閱讀一本屬於某人的自傳。他閉上雙眼，深呼吸，再按下「開始」：

我從小就在非常優越和富裕的環境下成長。我是人們口中的天才，又或是神童更為貼切。我要重申一點，我並不是基因改造下出生的孩子，我的聰明才智是天生的。由於家族的研究繁多，我小時候主要是以閱讀祖父輩的論文和著作為樂趣。直到青少年時期，我忽然意識到如要把優生學被廣泛接受，當權者的支持是極其重要。我的高祖、曾祖父和祖父全都只是全神貫注於學術範圍，根本其影響力就只能觸及他們的同溫層，很難讓大眾接受。想想畢生的研究，就敗在決策者之下。因此我開始去結識不同政界商界的重要人物，只要對優生學推廣有幫助的我都會去認識。

從他們口中我得出一個總結：他們不捨得把低端人口趕盡殺絕是因為其勞動市場還需要這些人。他們需要工人、廚師、司機、修甲的、收垃圾的、侍應等等去做他們不想做的工作。然而，如果這一切將可取而代之呢？因此我跟我的團隊研究了值勤機械人LT-22m來取代一切能取代的工作。人類的未來只需要精英，他們只需用其精神時間去發展對人類能進步的未來，其他的可以減去掉，包括無知的人。

邦哥有點不耐煩，看一個不認識的人不斷對自己自吹自擂實在無聊。這跟他本來期待的輸入記憶實在分別太大。他按下「快速前進」的按鈕，畫面依然是停在Word的程式：

……我開始研究失敗者的思維，又或是失敗者的思考方式。靠著我研究的植入記憶體「印象」被廣泛使用之後，我把得到的數據用來研究失敗者。他們其實不知道自己是失敗者，亦不知道自己被自己的經驗和記憶來支配著自己的命運。在希望教育島上的小孩是失敗者，其看守者用其一生時間來守衛這些無聊東西亦是失敗者。我手上有幾個實驗，相信很快可於他們身上測試……

可能有些人站於人道立場會覺得這些實驗是不恰當，但這是無知的表現，完全缺乏科學精神。當然，我知道很多人不同意我的主張，他們想我消失，甚至想我死。所以我要留下我所有的思維，讓更多人認識我對優生學的熱情和知識…………

……　……　以下是幾份關於優生學的論文　……　……

邦哥忽然感到一陣暈眩，他不知道是因為記憶的內容還是自己根本不適應被植入記憶。他覺得侷促，不想再待在此密室中，實在是無比的難受。他扯掉連接著的電線，倉卒地打開門奔走出去。經過接待處時那年輕小伙子想把他叫住，但邦哥已飛快地推開鐵門離開。他正要走下樓梯回望這所實驗室時，在如此詭異的一刻，邦哥瞅見到一個熟悉的身影從另一個房間走出來——是加爾博士。

他想再看真一點時，鐵門已關上。他亦不想再留在這個地方，胃裡像有千百種辣椒在翻滾。他只想嘔吐。衝下十層樓梯，邦哥忍不住站在街上立刻吐出像胃液的水。他不知道加爾博士有沒有看到他，他不想知道。

第八章　穿著白色藍格子恤衫

第八章　穿著白色藍格子恤衫

過去幾天甚麼事情都沒有發生，平靜得像希兒午餐時弄的那份蒸水蛋的表面一樣平滑。

沒有新型號的LT-22m再召喚邦哥到警局接受調查，C.Lab那一邊亦沒有甚麼消息。不過聽樓下看更說小胡的單位快將有另一個新的政府官員搬進去，這個社會最不缺的就是上進的員工。

希兒上學去，宿舍裡只剩下邦哥。這幾天他都是自己一個在家無聊地渡過，偶爾上街去買當晚的菜，或去街市轉角的那間小酒吧跟相熟的店主閒聊幾句。他只想用最平凡的方式去消磨時間，以忘卻那天於總部和C.Lab所發生的一切。邦哥已經沒有線索可尋，又或是因為他慣性的不積極，使他不知道該如何去尋找新線索。去他媽的遷

出宿舍，他想。

邦哥坐在沙發上看電視，不過其實他不清楚電視在做甚麼。這張沙發是十年前買的四人座位，那時候還是一家五口，家裡總有一人要坐餐桌椅，而通常那個人就是他。其他四人坐在沙發上，而只有他坐在他們後面的餐桌椅。有時一邊看電視一邊喝啤酒剝花生，吵吵鬧鬧的就是一個平凡的晚上。現在回想，最平凡的日子才是最稀有珍貴，因為平凡得讓你以為生活就會如此無盡頭地延續下去，看不到終點。以前一家五口住的是大單位，但離婚後他跟希兒要遷入現在住的這個二人宿舍，這張四人沙發放在客廳中就顯得過大地不合比例。不過他無意要把沙發換掉，因為這套沙發的存在讓他好像跟自己的過去尚有牽連。他也不是留戀前妻，只是覺得擁有那一部份的自己才算圓滿。

下午的電視台節目針對的對象是家庭主婦，主持是一個過氣的女明星，正跟另一個電視名嘴在討論「老公鼻鼾聲過大的解救方法」這個問題，談笑風生，完全不痛不癢。邦哥把希兒早準備好的午餐翻熱，一邊看電視一邊大口大口吃著。

邦哥認為應該直到下一次上船前都會如此平淡地渡過，然而身邊的手提電話響起。他看了看來電，卻沒有電話號碼。

「邦哥，你好。」那是深夜DJ般磁性聲音的男子，邦哥聽著立刻毛骨悚然。他馬上把電視關掉。

「你好。」

「有進展嗎？」

「很對不起，先生，沒有。」邦哥在他還沒搞清楚前，無意說出於C.Lab裡的所見所聞。

「真傷腦筋呢，是吧？」男子說。「我這次打電話給你，不是想討論上一次提及的事。而是關於你船上的工作。」

「好的，請吩咐。」

「你下一次上船將會有一位貴賓同行，你不用特別招呼。因為他會住在與你不同層數的船艙裡，基本上你的工作地方跟他的活動範圍是不會有甚麼特別交集。」

「嗯。」邦哥隨手拿起放在沙發上的原子筆把重點寫在手背上。

「不過你要知道你的那艘希望教育號已經很殘舊了，聽說下個月就會退役吧？萬一有甚麼零件失誤，你就要照應他一下。雖然我們已派了幾部LT-22m去招待他，但要說靈活變通，始終人類比較優勝。」

「當然，這是我的份內事。」

「很好。其實這個貴賓你可能有聽說過他，就是那個加爾博士。」邦哥聽到這裡全身發麻，會有這麼多個巧合嗎？「不過如非必要，你不要去打擾他，這是他最討厭的。我這個建議是為你好。」男人好像欲言又止。「其餘的資料會發去你電郵。」

「知道。」

「好的，再見。」男人說完就把電話掛了。

邦哥隨手把電話掉到沙發的遠處，看著自己手背上記錄下來的字。果然他一直有寫備忘於手上的習慣，有時是手臂，有時是手背，視乎要記錄的事長或短而定。他忽然想起早前用原子筆寫在手臂上的字，這一年間中會出現，不過好像有些日子沒有再發生。

事情就是這般湊巧。幾天前邦哥才於C.Lab好像見到加爾博士，今天就收到通知他會上船去希望教育島。

他翻著茶几上的幾本希兒買回家的八卦雜誌，見到有一本比較舊的，打開其空白位置用原子筆寫下：

高祖高x頓爵士

遺傳的天才

經歷四代

邦哥嘗試把那段植入記憶寫下來，但他發現原來所謂的植入記憶就跟所有記憶一樣，是會忘記的。邦哥的記憶力本來就平平，當日的植入記憶又偏向文字敘述，而且已過了幾天的時間，他記得的已所剩無幾。

他再拿起手機於網絡上搜尋「加爾博士」，網絡上第一頁已全是關於他的身世和訪問：

2歲　已懂得閱讀和彈鋼琴

4歲　流利讀寫幾國語言包括英文、拉丁文、西班牙文、法文和德文

6歲　智力測試為天才兒童。他最崇拜的人是爺爺，因他是一名探險家、發明家、科技巨子。

8歲　入讀精英級的寄宿學校，跳班完成整個中學課程。期間於科學研討會發表過《遺傳與智力的關係》，成為最年輕發表研究者。

13歲　頂級大學生物系博士畢業，然後於大學繼續研究。

15歲　考取另一研究人類基因博士學位。

18歲　從大學辭職，決定追隨爺爺的足跡去加拉帕戈斯群島尋找生命起源。他用最古老的方式，由國家S乘坐帆船橫跨海洋到達群島，並在那裡生活了七年。

25歲　離開加拉帕戈斯群島，隨心獨個兒到南北美洲和歐洲旅居。

30歲　重回國家S，國家科學研究院聘請為院士。

33歲　成為國家科學研究院有史以來最年輕的院長，並為政府提供科學上對社會的意見，當中包括推行優生學。

37歲　父親病逝，正式接手其創立的科技公司C.A.T.成為行政總裁，首要任務是加強對人類基因研究，並開始研製值勤機械人以取代人類平板無趣的工作。

42歲　第一代值勤機械人LT-22m於科技展上發表；公司開始投入研究植入記憶體「印象」。

44歲　通過國會簽定協議，LT-22m 正式投入生產，並首先於所有政府部門裡執行。

45歲　成功研究「印象」，並先用豬隻做實驗。

48歲　優生法委員會成立，積極推動優生法立法，並著手設計希望教育島。「印象v.1.0」投入大量生產。

50歲　優生法成功立法。獲頒發爵士銜頭。

52歲　辭去科技公司C.A.T.行政總裁的位置，重新投入大學作學術研究，主要是關於希望教育島的評估及對人類未來發展的影響。

今年56歲。

56歲。邦哥今年也是56歲。他當日跟加爾博士見面時，還以為他比自己年輕。命運這回事真奧妙，兩個同齡的人其成就差天和地。加爾博士的一生，是別人活了幾輩子做事的總和，而且幾乎已代表著優生族的最上層人士。如果不是最近發生的事邦哥有切身的關係，他是絕對沒有興趣去研究這個人。

網上還有大量報章報導這個改變時代的大人物，最具爭議性的要算是學術界對於加爾博士遊走於政商界的微言。如幾年前當加爾博士辭去公司行政總裁的職務重返大學校園，英美很多報章均訪問了同是學術界有份量的教授，其中一人說：「加爾博士只是利用自己的財富去購買研究，並不是全由他自己開發；而且他過於依賴政府的支持，作為一個科學家未免太過沒有自己的原則。他只是一個機會主義者，並不是甚麼偉人。哪裡有機會去實行他想做的，他就會去巴結。我們學術界最不恥這樣的行為。現在他為甚麼會放棄自己的公司？我猜是得罪了甚麼重要人物吧。」

另外亦有人如此批評：「政府讓國家大部份先進科技都是由加爾博士的公司生產，是一件非常危險的事。當我們依賴了這種新穎的科技，變相生產此科技的人就可以控制我們了。」

一如邦哥所料，那段植入記憶應該是屬於加爾博士的，他沒有猜錯。

為甚麼加爾博士的記憶會在黑市售賣？而更讓人想不明白的是，為甚麼會在C.Lab碰到這個傳奇人物？當日博士因為見到他所以要上船跟他碰面嗎？一個問題接著一個問題，邦哥完全無法清楚回答，而他自己亦不能跟任何人商量。猶如一種得知了天大的秘密，卻苦無傾訴對象的那種苦惱。

＊＊＊

由於太多事情發生，邦哥直到上了船才想起早前手臂上曾經寫了「伯爵茶」三個字。他已經習慣於手臂上有時會出現自己已忘記的字跡，如果是有關可購買的實物的話，他通常都會買回家或帶上船用。

他查看過電郵，男人發了一封信給他，清楚交代加爾博士於船上的位置和安排，並於信末再次叮囑他不要隨便去打擾博士。加爾博士於頂層的前方，跟邦哥相距甚遠。邦哥約略看完，順手把電郵刪掉。這一次他沒有時間下載新的電影和電視劇來打發時間，手機裡都是舊的，看過幾遍了。

他坐在自己船艙裡的椅子上，手放在頭後出神。船艙和工作間之間的門上好像有些污跡，又或是字跡。不過離太遠他看不清，他又懶得起身近看，沒有再理會。

咻……咻……咻……

咻……咻……咻……

他已開始習慣LT-22m的聲音，雖然每次聽到都是刺耳又毛骨悚然，但仍是可以習慣的。就如同當他三個孩子還是嬰兒時，他前妻會播放白色噪音作背景聲音。聽說有科學研究指出這聲音有助嬰兒入睡，他不知道是不是真的。反正他前妻要做甚麼，他從來都管不了，習慣了就好。那時候他當早班，每天早上四時半就要起床，剛剛開始聽著那些白色噪音是完全無法入睡。他前妻跟他說：「你睡不了就睡不了，習慣不就行了嗎？」結果到後來，沒有那些白色噪音作背景反而睡不著覺，的確，習慣了就好。人就是如此容易控制。

他把單人床鋪好準備睡覺，船艙內的氣溫一直維持二十三度，邦哥只需要蓋一張薄薄的被就可以了。床褥很硬，睡久了腰骨會痛。平時在家他習慣大字形睡在床上。在這裡則有時是側睡，左轉右轉的，不能完全安眠。

咻……咻……咻……

邦哥沒有睡意，不過他想勉強自己入睡，反正沒事可做，亦不想打亂自己的作息時間。聽著值勤機械人刺耳的聲音，當作是數綿羊這種睡覺的招數就好。他勉強閉上眼睛，迫自己想著一些不著邊際的事。

咻……咻……咻……

嗒……嗒……嗒……

今晚聲音好像有點不一樣。

咻……咻……咻……

嗒……嗒……嗒……

他仔細傾聽，彷彿有一種聲音從遠而近，由郁悶的走廊慢慢接近邦哥的船艙。這次不是機械人，因為他認得出是人類的腳步聲。他警覺性地立刻起床，正想用椅子背靠著門鎖時，那腳步聲已停在他的門外。他屏息靜氣，接著是三下敲門聲。在寂靜的空間內有回音。

「誰？」

「我是加爾博士。」

沉默了一陣子。

邦哥打開門，只見加爾博士穿著白色藍格子恤衫和西褲，文質彬彬卻毫無表情的站在門前。即使走廊的燈光昏暗，亦難掩蓋他擁有獨特之處的視線。

＊＊＊

邦哥招呼他入內，連忙掃開桌子上的雜物，恭敬地讓加爾博士坐在椅子上。他找出櫃子內的茶包，泡好熱水沖茶然後遞給加爾博士。也許是幾天前才查看了博士的生平，邦哥簡直覺得能接待這樣的大人物是榮幸。

「上一次開給你的藥，你有準時吃嗎？」加爾博士呷了一口伯爵茶。

「博士，你竟然記得我？」

「要記住你不難，你的存在很重要。」他說。「這茶不錯。」

「重要？」邦哥只知道自己平庸，從來沒有人說過他重要，就連他的前妻也沒有。

加爾博士又再呷了一口茶，木無表情。

暫時有一段沉默，邦哥不知道應該說甚麼。好像無論說甚麼，在加爾博士面前都顯得愚昧。因為椅子只有一張，他讓加爾博士坐了，所以他就只可站著。他倚靠著接近自己休息間的門，雙手不自然的不知道應當放在哪裡。到底應該放在大腿旁好，還是抱於胸前呢？他從來沒有如此在意過自己雙手的位置。

「博士你這次上船是為研究島上的情形嗎？」邦哥耐不住靜默，自找話題。

「是與不是。畢竟對孩子的教育還處於一個實驗性的階段，所以的確需要觀察和進一步研究才知道成果；只是到島上的實驗已偏離我原來所想的，我認為我不需要親自去確認甚麼。政府應該隨便派一個人就好了。」

「那你為甚麼要在此？」邦哥擔心博士的答案是跟他自己有關。

「何以見得我是自己自願上船的呢？有人這樣告訴你嗎？」

「難道不是？」邦哥仔細回想，男人的確沒有這樣說過。

加爾博士把眼鏡除下，從西裝褲袋裡拿出一塊眼鏡布輕輕抹著鏡片，瞇著眼檢視著，然後又戴回去。「這船快要退役了吧？」

「對，聽説是下一次啟航就是最後一次了。」

「然後呢？你會去哪裡？」

「暫時還不知道，上級還沒有指示。也許會服務新的船隻吧，我是沒所謂。」

「已公佈有新的船隻了嗎？」

「沒有。」

加爾博士嘴角上揚，說：「又或者並沒有新的船隻。」

「怎會呢？那個希望教育島還要繼續啊！即使不再運送低端人口的孩子，也要運送物資和補給吧。」

「嗯。」加爾博士輕輕嘆了一口氣，彷彿是可憐邦哥的無知一樣。「希望教育島這個計劃已經完成了。」

「完成？」

「對，完成了。」

「不過…………」邦哥一時間轉不過來，有人已把孩子接走了嗎？他不敢問。

加爾博士見他欲言又止，說：「那個島已飽和，真正的實驗現在才開始。能夠生存下來的，就可以脫離低端人口。這就是島上的教育。」

邦哥不知道可以說甚麼，他找不到合適的用詞。雙方都沉默著。

「那博士你會逗留到甚麼時候？」

「不知道。」加爾博士說。「要看他們甚麼時候讓我離開。」

「他們是誰？」

「多著呢。哪有人可以擁有完全自由？」他說。「當初他們覺得你是頂尖科學家，自然有可以利用的地方就給你多些自由。到現在我跟他們的理念不再一樣時，又或許認為你知道太多，他們就想你盡快消失。」

「噢。」

「這就是我見你的目的。你會幫我嗎？」

「怎麼說呢？如果是我能力範圍內的，我一定會幫忙。」邦哥說。

「請你到我的實驗室，就是上次我們大家見面的地方。在我的實驗室裡，有一種物料放於櫃子內，像登山用的反光布，下次你帶上船就可以了，很簡單。」

「不好意思，博士。我可以問清楚有甚麼用途嗎？」邦哥感到些許不安，博士要求的事讓他隱隱覺得是違法的。

「下一次是此船最後一次航行吧？」

邦哥點頭。

「我要上船回去港口。」加爾博士再呷一口茶，說：「不過他們不允許，我這次是逃走。他們只想把我永遠困在島上，很諷刺吧。加爾博士要一世留在希望教育島上接受教育，這世界果然充滿希望。」

「所以那些物料可以解決這個問題？」邦哥問。

「你知道船上的小孩是如何上船的？」

「幾乎一無所知，總部不讓我知道。」

「我現在會跟你非常坦白，因為你的確需要知道才下決定。他們會先把小孩弄至昏迷，一個一個的放進盒子裡，方便運送。要不然你於船上當值時哪可以享受這些清靜時刻？」他說。「你就當那盒子是一件貨品吧，上船前下船後都要做電腦掃描和檢查的。我實驗室裡的物料，就相當於隱形戰機的概念，包在盒子外電腦就檢察不到裡面有甚麼了。我會在上船前躲進盒子裡，你只要把物料包在盒子外就可以了。反正掃描的時候全電腦化不經人手，沒有人會見到盒子的外觀有所不同。」

「我不知道我應不應該答應。」邦哥坦白地說。

「小胡說你是可靠的人。」

「你認識小胡？」

「『印象』是我公司發明的，小胡在警隊裡需要懂得操作獨特電腦，知識都是從我這裡而來。」

「他現在在哪裡？他提到了我？」邦哥急著問。

加爾博士甚麼也沒說，盯著邦哥的臉好一陣子，然後慢慢開口：「他離開了，人在哪裡我不清楚，大概在巴黎或倫敦吧。幸好他走了，要不然也會跟我一樣，被送到教育島。不要問我他確實位置，我不知道。他只說船上的值勤警官是他老爸的朋友，很可靠。」

邦哥神經繃緊，想抽一口煙卻發現煙盒在他的行李內還未拿出來，實在不太方便。幸好褲袋裡有口香糖，他吃了一粒，心情稍微輕鬆了一點。

「怎樣？答應嗎？」

「博士，我不怕老實跟你說，我家還有一個女兒。我不能作太冒險的事。」

「我知道。所以我不會要你白做，畢竟大家認識不深。」他說。「我有一筆相當可觀的經費，可轉手到你身上。你喜歡買房子又好，自己退休甚麼都不做也好，這經費足夠你安享晚年。事成之後，就會把錢轉給你。除此以外，我還可以給你所有關於我自己做的學問的記憶，你可能用不著，但若果你女兒擁有這樣的知識，她在這推崇優生學的社會可謂所向無敵。」

邦哥無法思考，加爾博士跟他提及的交易相當吸引，特別是屬於他的知識。他下意識的慢慢點頭。加爾博士從襯衫的口袋裡拿出一張摺好的紙放到邦哥面前。「這是實驗室的密碼和物料的所在位置。」

邦哥沒有接過紙條，加爾博士把紙放到桌子上。

「博士，最後我想請教一件事情。」

「請說。」

「請問你有否曾經把我的記憶，或某部份的記憶刪除呢？」

「沒有，從來沒有。」

＊＊＊

「上一次你告訴我希望教育島二號這一艘船將會在下月退役，建議我要想辦法去考慮離開的問題。因為只要船退役以後，就不會知道被用作甚麼用途，而我和孩子就不可能再永無休止的躲藏在這裡。我聽著你說的時候，真的好像在聽一個天大的笑話。

你輕輕的說，輕輕的叫我想辦法。不帶感情，不痛不癢。我可以如何想辦法呢？當你告訴我這消息時，是在我們瘋狂做愛過後。你氣定神閒，好像事不關己一樣。當然，我從來沒有想過你要對我負責任，跟你做愛也是出於自願的。你只說：『要好好想辦法喲！』然後倒頭便睡，我反應不過來。我起初還輕輕拍打著你，到後來我已不顧一切大力往你的腰間和你的臉狂打下去。

你說我歇斯底里，我就在艙裡大叫大哭，即使把小孩嚇怕了我也沒所謂。我承認，當時我失控了。因為我害怕，我不知道這一關能否挺過來。大概你覺得我不再溫柔了吧，不過你都幾乎想不起來。

如果你有甚麼方法，就請你用盡一切的能力來幫助我們吧。我從來沒有請求過甚麼人，這是我的第一次。

一如既往，看完這信就把信撕掉吧。」

邦哥準備洗衣服時，在褲袋內找到這封信，不知何時被放進去。他凝視了半晌，然後徐徐地撕開信紙，掉進垃圾筒裡。

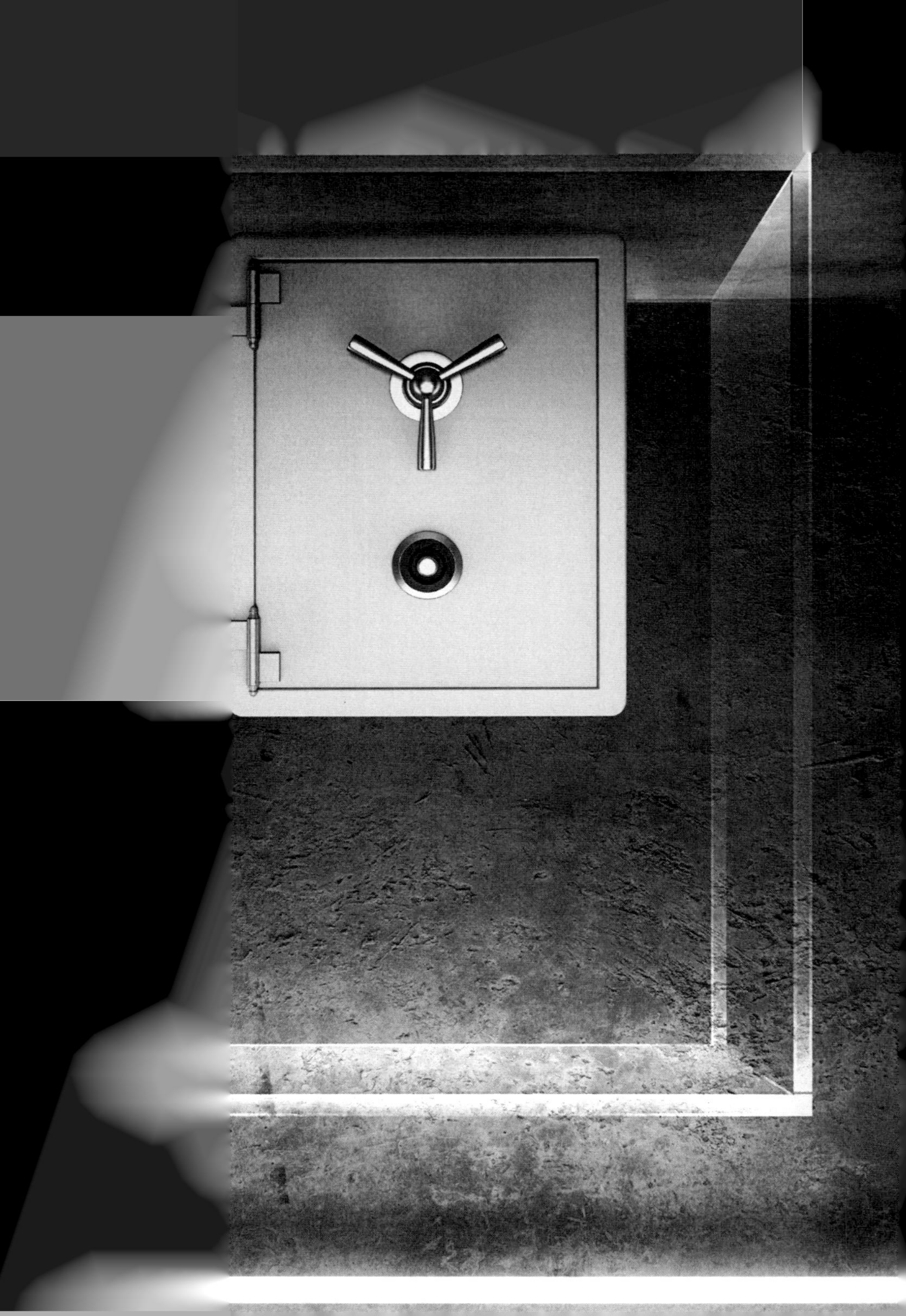

第九章　有記號的盒子

第九章　有記號的盒子

邦哥發了很多惡夢，夢裡又有夢，好像永遠醒不過來。

「請你帶我走！」一個女人跟他說，可是他看不清他的臉。

「你可以幫我一個忙吧？你一定可以。」加爾博士說。

不要，我不想！

「你如果不想遷出宿舍，你就要合作。」男人說。「把小胡供出來就可以了。」

前妻穿著她最愛的高跟鞋，踏著他的胸口說：「我想離開，我們分開吧！」

「爸爸！」希兒說。

「你要出賣我嗎？」小胡面目模糊說。

他出了很多很多汗，把睡衣和內衣都弄濕了。他醒過來，以為聽到希兒的叫聲，卻記起自己在船上的船艙裡。

這次是希望教育島二號的最後一次啟航，邦哥從來沒有試過如此不安。他有預感將有大事發生，而他會是漩渦裡的主角。

他暗自慶幸上一次隨船的活動，他擁有完整的記憶，「印象」沒有失常或被人刪去。加爾博士吩咐他去實驗室拿取物料一事，比想像中容易。他依照博士給他的紙條上的指引和密碼，在大學輕易進入地牢和實驗室。當中沒有電影情節中的偷偷摸摸，基本上連保安員在哪裡也不知道。他選擇一個星期三的下午三時三十分進去。其實這個時間也沒甚麼特別，並不是經過精心策劃的。邦哥一般睡醒已差不多是中午時份，吃完午飯不急不趕地到達大學就已是這個時間。大部份大學生或下課或轉堂，大學的中庭正是人多之時。不過邦哥覺得如果真的有人上前查問，他大可用警察身份來蒙混過去。加上他有加爾博士親筆寫的紙條，堂堂正正進去實驗室是正常不過的事。他穿著平日的裝束，上身是一件便宜貨的 T -Shirt 襯一條穿了十年的牛仔褲。因為要拿取物料，所以帶了一個旅行型的手提包。

實驗室跟上次與加爾博士見面時沒有甚麼兩樣，他的書桌上空空的，就連電腦也收起來。所有物件都整齊地擺放，椅子跟桌子的距離是短而平衡的。一件多餘的裝飾物也沒有，簡潔得就像雜誌上影出來的設計空間，完全跟人的氣味沾不上關係。不過不知道是不是上一次比較緊張，他沒有留意到原來近入口處有一幅A1大的地圖，他立刻認出是加拉帕戈斯群島。世事總是在許多年以後，在毫無預備下連結起來，是虛弱的線，如地圖上許多現實中不存在的標記。

邦哥根據加爾博士的字條，打開左邊櫃子右列的櫃門，裡面再有一個大型夾萬。他輸入密碼，第一次也許比較緊張所以密碼不正確。他要嘗試第二次才可以成功打開。亦正如加爾博士所形容，這些物料很輕，像極了登山用的反光布。夾萬裡的物料不只一件，邦哥想都沒有想就把所有可帶的都掃進手提包內。做了警察這麼多年，還是第一次感受到被人授權做賊的快感。

就這樣，他成功離開大學，完全毫無驚險的一章。亦如邦哥的人生，就算是略為偏離正常軌跡，也是沉悶非常。

其實直到上船的一刻，邦哥也不確定自己應不應該幫加爾博士這個忙。他知道他應該拒絕，因為如果博士是犯人又或是被貶為低端一族的話，根據法例他對他伸出援手就要被檢控的。而且他的直覺告訴他，博士對實況是有所隱瞞。何必沾上這渾水？他掙扎。

不過就像他一向的處事作風一樣，他習慣拖延，包括思考。他不想這一刻決定要不要幫忙加爾博士，因為還未到最後一刻。既然不知道，那不如先把要用的東西準備好，再慢慢思考吧，他想。

他躺在船上的床，輾轉反側，深深的嘆了一口氣。明天船就會在希望教育島泊岸，然後加爾博士會偷偷上船。到底會否一切順利，他不知道。看著船艙的天花板，邦哥腦海中不停回想著自己的一生。由小時候幾兄弟一起四處遊玩，到青少年時期結識的初戀女友。人長大了，身邊有人離去，又有人再次相聚。認識了前妻，拍拖結婚生小孩，然後十幾年後又離他而去。其中兩個小孩選擇跟前妻走，剩下的女兒長大後也是要走的。父母早已不在人間，最大的兄長也已過世。其他兄弟各有家室，每年最多也只是大節日才偶然相聚。這樣算來，他始終是孤單一人。酒肉朋友他還是有的，但就只限於吃喝玩樂，說交心的話是非常老土。當初選擇做警察，只因為他沒有其他選擇，並不是出於甚麼正義感。讀書不多，又想有一份穩定的工作。他又怕悶，忍受不了辦公室工作，剩下的職業適合他的的確不多。現在回想，他的一生真的只是營營役役，欠缺了靈魂。但靈魂這回事是多麼的難得，還未領略是怎麼一回事便已失去。

邦哥不知道為甚麼會選擇這個晚上回想這些有的沒的。也許是他預感會發生重大的事情前，想回顧一下他無聊的過去。他發現讓他懊悔的事，原來如此之多。例如錯過了某些人，又或是父母在生時沒有時常探望，就只是因為前妻不喜歡他父母，多麼的不孝。到頭來前妻離他而去，也許這就是孽緣。而這次如果他選擇幫助加爾博士逃脫，若干年後的某一個晚上，他也會懊悔這個決定嗎？人生如果可以重來。如果。

咻……咻……咻……

就連LT-22m的聲音也變得不可怕。

咻……咻……咻……

邦哥半睡半醒之間，咯嚨一聲，船隻成功泊岸。

平常的他，通常在快到達希望教育島時已走到甲板上看風景。不過因為昨晚太多紛擾之事在腦子裡，差不多日出時才睡著覺。他打開通往甲板的門，天色陰暗，能見度不足五米。邦哥穿上牛仔外套，小心翼翼的走出去。他打開手提電話嘗試接收訊號。也只有在泊岸的短短幾個小時，在戶外的位置可以接收到訊號。

電話「叮、叮」響起，是一個未接來電的訊息。

邦哥立刻打電話到留言信箱，只知道是一個沒有來電顯示的電話。一把機械式的女聲說：

星期二晚上九時四十分，沒有來電顯示來電

邦哥，你好，是我。想問你進度如何？有沒有其他消息？

如果你有甚麼難言之隱，只要立時改正，我們可以既往不咎。

相信我，我答應的事一定可以做到。

嗶——

重聽　請按一

邦哥不知道為甚麼，每次一聽到那像深夜DJ聲線的男人，就會不自禁緊張起來。

刪除 請按二

保留 請按……

他沒有細聽，就已經在電話上按下「二」。

他焦躁地在甲板上來回踱步，他不算是一個正直的人，但也從來沒有行差踏錯。因為他膽小。他不知道這船上有沒有閉路電視，萬一有呢？他對加爾博士所做的會不會成為共犯的證據？

手上的電話響起，沒有來電顯示。邦哥遲疑了片刻，最後還是接聽了。

「喂。」

「我已經在船上了。」是加爾博士。

「哦。」

「我要你帶的東西都帶了嗎？」

「帶了。」

「就按原先定下的計劃做。我會一早到達指定的船艙，躲進盒子裡。我會把盒子的蓋上貼一張便條，你就知道是我了。我們最好不要見面，要是這船真有錄影監視，你也可以洗脫嫌疑。你只要在回程時把物料覆蓋我的盒子，再把盒子沿著軌跡推到左邊的出口就可以了。」

「我不知道還要推盒子。」邦哥緊張地說。

「很抱歉，事前沒有時間詳細說明。不過不會很重的，因船艙裡有簡單的路軌讓你推。你只要記清楚是左邊的出口，而不是右邊。這點很重要。」

「知道。」

「好的，靠你了。」加爾博士說完就把電話掛上。

邦哥呆呆的望著手上的電話，好像他已下了決定似的，然而他卻越來越不確定。他從褲袋裡取出一根煙，用火柴點燃，然後快手就把火柴掉進海裡。如果希兒在這裡，她一定會罵他破壞地球生態，他想。今天海風算大，即使泊岸了船隻還是不停搖晃。浪花有時濺起到甲板上，把邦哥鞋子弄濕了。不過他也不以為意，只是風大讓他有點頭暈，腦子裡是空白的。海風吹在臉上，直達骨頭，帶來陣陣刺痛。

還是回去艙裡比較好，他自言自語。他深深吸了最後一口煙，用手指把煙頭彈走了。

邦哥打開船艙的門，驀然見到一個女人坐在床邊等著他。

她像極了在他夢裡的女人。他沒有驚訝，就像一切都是預期一樣。

「你是不是故意不來找我的？」她說。

其實邦哥大可以問一句「你是誰」，但是他沒有。他有預感女人會來找他。

「上次你房間裡有貴客，我匆忙之中只能把信放到你的行李內。你是故意不在意我留給你的訊號嗎？」她說。「是故意的吧？」也許她忘記了，邦哥可能甚麼都想不起來，一切由零開始。

「你寫給我的信我都有看。」他說。

女人慘然地咧嘴一笑，小聲細氣地說：「現在是甚麼時候了？我不想再玩這個遊戲了。邦，求求你，幫我和孩子。就只剩下這一、兩天的機會了。」

邦哥覺得自己還好像停留在惡夢裡，所有人都向他討債。他想醒過來，卻發現原來自己早已醒著。

他其實很討厭自己，他不是一個特別會做生活檢討的人，但這感覺常常會浮現。

將來回想，他一定也最討厭這一刻的自己。大部份人都認為他是一個愚蠢遲鈍的人，當然包括他的前妻。他就是那種人生課題上完全混沌的人。面前這個女人，在她的眼裡就只有他一個人能幫助她。不知道他對她做了甚麼，讓她有這種依賴感覺。

「你現在趕緊回去跟孩子收拾一下，將近下船前到這張紙上的指定船艙等我。我有辦法。」他口中吐出了這句話，讓他覺得自己已進入萬劫不復之境。他不想做英雄。

女人愣著，也許她也從沒想過邦哥會真的有解決方法。

「怎樣？」邦哥忍不住問。

「你真的有方法？」

「也不是只為你，順便而已。剛好有人告訴我這種方法，我覺得你跟孩子可以試試。」

「誰告訴你呢？」女人臉上露出疑惑的表情。

「是誰不重要。你只要依照這個方法行事就可以了。」邦哥不耐煩的回應著。

半晌，她咧嘴笑了笑，說：「好。」然後轉身就走了。

離泊岸的日子還有兩天，邦哥不知道可以如何消磨這個時間。以往，他大可以看下載的電影或電視劇集，有時又可以播歌解悶，很容易就渡過一星期。但如今可不這樣容易了，潘朵拉的盒子一但打開，就只有無窮盡的帳然。

他有想過去找那個女人，又或是加爾博士。他們都在船上，卻有著不同的結界。他不想去了解那個女人是誰，更不想知道加爾博士是不是躲在他上次入住的船艙。這些事於他實在太無聊，他沒有興趣知道。這兩天他是完全渾渾噩噩地渡過，有時起來吃簡單的三文治和喝一杯茶，又繼續倒頭大睡。住在船艙的好處，就是能與外界完全斷絕。若果不踏足於甲板上，有時候可以連天氣如何也不知。日間的時候還好，因為通往甲板的門上有一個圓形的小窗。有時候有微光進入，有時候是白濛濛的一片，但起碼是有時間性的光線。到了晚上，邦哥便不能避免陷入艙裡的靜寂之中，伴著LT-22m咻咻咻之聲，像作為背景的白色噪音一樣。當人處於不安，這種侷促寂靜就變得令人窒息。即使如此，這兩天他依然信守他對希兒的承諾，每天只抽兩支煙。

兩天過去，邦哥預計還有三小時船隻就會回到首都的碼頭。他把床鋪和自己的行李整理好，然後到洗手間作最後的梳洗。他到甲板抽了一支煙，是他帶到船上的最後一支。他拿起當日帶去實驗室的手提包，離開自己的船艙。

其實邦哥也是第一次來到加爾博士指定的地方，跟上船時是同一層，應該是為了方便運送盒子。門沒有上鎖，打開了門，他亮起手提電筒。船艙裡放滿了盒子，一個盒子大概七十厘米乘一百四十厘米般大，整齊排開，像迷你棺材，而對象是小朋友。他記起之前見到的幾十個赤裸的小孩，一個個躺在地上，只是現在全都換上了盒子。

他搜尋著加爾博士所說的記號。每走過一行盒子都讓人心寒。最後他在最左邊那一行的盡頭，發現最前方的盒子蓋上貼了一張便條。便條是空白的，沒有人寫留言給他。他輕輕的敲了一下盒子，小聲說：「博士！博士！」

沒有回音。

他再輕輕敲了兩下。

依然沒有回音。

他顧不得甚麼，時間已越來越緊迫。他快手把物料從手提包拿出來，蓋在這個有記號的盒子上。正當他聚精會神地整理著，船艙的大門喀嚓一聲打開了，回音極大。

邦哥下意識用電筒照向聲音發出的地方，赫然發現那個女人和一個小孩正站在門口。他揮動著電筒，示意他們過來。

女人小心翼翼地拉著小孩，急步走去邦哥的方向。

「現在怎樣？」女人問。

在電筒的燈光下，女人的臉顯得很蒼白，卻有一種無力感的美。

「你等一下。」邦哥走去旁邊另一個盒子，嘗試打開盒子的扣。那是一種很容易開關的鐵扣，他徒手就可以打開。盒子是用木造的，碰著卻非常冰冷。「你跟孩子躲進去吧？」

「就這樣？」

「沒時間解釋，等運送完畢再說。」

女人看著邦哥的臉，說：「謝謝。不過你也要小心。」

「不用擔心我。」

「你就是完全沒有防禦別人的心。我知道你不理世事，所以我會說出我猜想的。」

邦哥沒有做聲。二人埋在沉默中。

「進去吧，沒有時間了。」

「好的。」她吻了邦哥的左臉，輕輕說了一聲：「謝謝。」

女人轉身跟孩子準備，邦哥一手抱起孩子放入盒子，然後扶著女人跨進去。他們屈曲著身體，甚麼都沒再説。

邦哥蓋上盒子前，看了一眼女人。她右手擁抱著孩子，臉微微向上望著他微笑。他忍下心把蓋扣上，好像關上棺木一樣簡單。他看看手錶，只差半小時就泊岸了。盒子都是架於路軌上，很容易推動，基本上不費吹灰之力。他慢慢的推，對著兩個盒子流下淚來。他不知道自己在做甚麼，來到這一刻，他需要下一個決定。可惜這時才發現，他已經沒有時間思考了。沿著路軌經過分叉點，他把盒子推到右邊，然後頭也不回狂奔回去。

他走回自己的船艙，坐在椅子上。他拿起桌上的杯想喝一口茶時，才發現他的手不停在抖震。不是，應該是整個身體都不由自主的在顫抖。他大聲喊叫了好一陣子，撕心裂肺的叫。然後抱頭痛哭了三小時。船泊岸了他也不知。他從來沒有這樣哭過，這是第一次。他覺得很痛苦，這件事情絕對不可以讓別人知道。但願自己也可以不知道。想到這裡，他終於明白了一件事。

他發現，原來一直刪除他的記憶的人，就是他自己。

18:00
Incoming call
Unknown

後記

「印象 v.1.0」說明書

後記　「印象 v.1.0」說明書

邦哥從睡夢中睜開眼睛，天花板上的風扇在轉動。咔嗟咔嗟的響著，風扇裡某粒螺絲鬆脫了。他著實討厭自己這種拖延做事的壞習慣，已經好幾個月想修理卻一直沒有實際行動。他揉了揉眼睛，勉強睜開，旁邊的窗戶緊閉著，百頁簾拉下來仍透著光，現在是白天吧。

邦哥端起身體，頭還是習慣性地痛著。

房間外傳來碗筷擺設的聲響，也聞到煮菜的味道。邦哥勉強下床，不小心踏著地上一本書，他低頭一看，是他那本關於「印象 v.1.0」的說明書攤開了掉在地上。他彎下腰隨手把書拿起，剛好是說明刪除記憶的指引：

請輕觸脖子後的「印象 v.1.0」

‥代表短按　……代表長按

「編號：CS39851O4935(A)

密碼：：……‥：………‥：……‥：……‥」

他揉著眼睛，把書合上胡亂放到一旁。打開房門，陽光射入眼簾，差點就睜不開眼。

「爸爸，你起來啦？快可以吃了。」十四歲的女兒希兒哼著不知名的英文歌愉快地在廚房煮早餐，邦哥聽著耳熟。牆上的鐘指著七時半。

邦哥睡眼惺忪的經過飯桌，習慣性地拿起遙控器，對著電視按了開關。電視正在做晨早新聞。一個打扮淑女的新聞主播以輕快的語調報導：

「…………今晨早上六時，警方於港口對開海域發現了兩條浮屍，分別為一女子和一小孩。警方初步估計是違反優生法例的犯人，企圖逃脱…………」

「爸，這新聞跟希望教育島有關吧，你知道詳情嗎？」希兒也好奇地停下手上的功夫，看著電視新聞。

「…………警方現正從屍體身上調查犯人身份…………」

「嗯，不知道呢。」邦哥坐在桌前，托著腮沒再說甚麼。

「一女子一小孩，應該是一家人吧。真不明白那些多利族到底想怎樣，政府已提供環境該他們去進步去修改，卻毫不珍惜。」

「嗯。」邦哥揉了揉眼睛，慵懶地把腿放在沙發背上。他拿著遙控器隨意地轉台，其他台著實沒甚麼好看。他按著按扭又回到剛才播著新聞的電視台。

新聞繼續播著，那女主播眼神中有一種覺得自己長相很好看的自信，報導著說：

「…………加爾博士現正在希望教育島上進行其研究計劃，我們的同事正跟加爾博士現場做訪問…………」

電視畫面出現加爾博士，依然穿著他的鴨屎綠絲絨質地西裝，嚴肅地接受著訪問。新聞字幕寫上「加爾博士於希望教育島接受訪問」。鏡頭裡沒有記者，只有一支咪高峰對著加爾博士：

「…………今次的實驗很成功。我們研究的對象是人生的失敗者，當中不只限於低端族，也有一些是屬於勞動階級，但其人生完全是沒有成就可言的人，我們可以統稱他們為『劣生人』，亦將會是這國家新設立的階級。若果我們給予機會讓他們爭取自己想擁有的，他們會作出甚麼樣的抉擇？當然他們要犧牲某一些他們認為是重要的事，但一直以來『沒有認清目標』似乎是他們最主要失敗的原因…………」

「…………當然我們採用了不同的手法，例如植入成功者的記憶能否改變失敗者的思維，又或是從被研究者身上的情感出發…………我們事前沒有告訴對象有關實驗的內容，因為只有處於最真實的反應才值得研究。初步研究了一百人，來自不同背景，總共用了三年的時間。在未來的日子，我與政府各部門會研究如何去幫助這新階級的…………」

邦哥身邊的手提電話響起，沒有來電顯示。他遲疑了一會，按下「接聽」。

「邦哥，你好，是我。」那像深夜DJ般磁性聲音的男子，邦哥聽著依然毛骨悚然。

他馬上把電視的聲音滅掉。

「你好，我……」邦哥想講關於小胡的，但他發現自己這些日子竟一無所知。

「謝謝你，一切已結束了。」

「結束了？」

「這次打電話的目的是想告訴你，你將可以與你的女兒繼續住在政府的宿舍裡。」

男子説。「這是你應得的。」

「説得也是。」

「好，那麼再見。」

「再見。」邦哥説完，然後把電話掛上。

他從沙發上站起來，走到洗手間裡。邦哥兩手扶著洗臉盆，望著眼前的鏡子，從鏡子裡他看到一個不認識的人，又或是一個很熟悉的陌生人。他不知為甚麼會忍不住流下淚來，無論如何都停止不了。他忍著不發出哽咽的聲音，開著水喉讓水流淹蓋一切。彷彿生命中失去了甚麼重要的事，卻又說不出到底是甚麼。

「爸，早餐已經準備好了！」是希兒從廚房內傳出的呼喚。

邦哥立刻止住淚水，關上水喉，用紙巾清潔臉孔，閉上眼睛深呼吸了一下。

「好，來了！」邦哥裝作正常的聲線回應著，至少他覺得應該是正常的。

作者的話

那時候我剛住在印度不久，有一晚我在屋苑附近散步，有四個矮小的老婆婆彎著腰打掃著地下的落葉。我認得她們，因為她們由早上開始就一直打掃著屋苑的行人路。我跟她們打招呼，可是她們很快就退後幾步，生怕阻礙著我走過去，也不敢抬頭看我。我的印度朋友告訴我，她們是種姓制度裡最低層的，不用對她們打招呼。我很驚訝，在這個二十一世紀討論著人類移居火星的年代，於地球的某一個角落，依然有如此封建的習俗，而且不是在偏遠地區的部落，而是發展中的印度大國。

這次經歷引起了我的好奇心，自此我閱讀了不少關於印度種姓制度的書，從種姓制度一直延伸到研究關於優生學的問題。在人類的歷史上，不同國家曾出現過對優生學的狂熱，如二十世紀初的美國、二戰時期的納粹德國，和李光耀時代的新加坡。甚至一些偉人名人，亦意想不到地表態支持優生學。在社會大環境下，一個政策往往影響的可能是小市民的一生。我想表達的就是一個這樣的故事—人們的無奈和勇敢。

隨後有機會參加天行小說賞並進入決賽，寫作進入寫第二階段時剛好女兒出生，對優生學和生育的權利有更深一層的體會。雖然最後沒有勝出，但依然感謝編輯部欣賞這部作品並願意把小說出版成書，實現了我人生其中一個夢想。

最後，僅把此書送給我最愛的媽媽、爸爸、澔林，和哎呀。

敵托邦 01

劣生人

作者	三川
內容總監	曾玉英
責任編輯	黃詠茵
書籍設計	Joyce Leung
封面插圖	Elaine Chan
出版	天行者出版有限公司 Skywalker Press Ltd. 九龍觀塘鴻圖道 78 號 17 樓 A 室
電話	(852) 2793 5678
傳真	(852) 2793 5030
出版日期	2022 年 7 月初版
發行	天窗出版社有限公司 Enrich Publishing Ltd. 九龍觀塘鴻圖道 78 號 17 樓 A 室
電話	(852) 2793 5678
傳真	(852) 2793 5030
網址	www.enrichculture.com
電郵	info@enrichculture.com
承印	佳能香港有限公司 九龍紅鸞道 18 號中國人壽中心 A 座 5 樓
定價	港幣 $88　新台幣 $440
國際書號	978-988-74783-1-7
圖書分類	(1)流行文學　(2)小說／散文

Published & Printed in Hong Kong

支持環保

此書紙張經無氯氣漂白及以北歐再生林木纖維製造，並採用環保油墨印刷。